魔豆

魔豆

# 懶散勇者物語 01

Brave Story

來自異界的勇者

香草／著

# 懶散勇者物語 01

目錄

# 懶散勇者物語 CHARACTER

## 水靈

誕生於聖湖靈氣之中的精靈，似乎擁有自己的語言。是手掌般大小的少女形態。

## 夏思思

17歲長髮少女。被真神召喚至異世界的勇者。總喜歡穿著寬鬆衣服，讓人看不出她到底有沒有身材……個性有點懶散，也很怕麻煩，但卻聰明、思緒敏捷。

擁有強大精神力、能穿越任何結界。

## 卡斯帕/伊修卡

15歲，雙重身分（真神/祭司）。
化身為卡斯帕時，外貌絕美，身著精靈常穿的長衫。當身分為伊修卡祭司時，長相平凡，身穿祭司白袍。雖身分尊崇卻性格輕率跳脫，以旁觀勇者的旅途為樂。

## 埃德加

24歲，聖騎士團第七隊隊長。
難得一見的標準美男子。個性嚴謹，給人有點冷漠的感覺，卻有著外冷內熱、充滿正義感的一面，是名信仰虔誠的信徒。
魔武雙修，能力高強。

## 艾莉

實際年齡為25歲（雖然像15歲），隸屬埃德加麾下。很有鄰家小妹妹的感覺，但是其實非常喜歡惡作劇，又很毒舌，喜歡吐槽自家夥伴。然而，她過於年輕的外貌似乎隱藏著某著祕密……

## 奈伊

年齡不詳，是被教廷封印的高階魔族，但卻聲稱自己不食人肉！個性單純、不諳世事，被夏思思解除封印之後，便將她視為「最重要」與「絕對服從」的存在！

## 艾維斯

22歲，亡者森林裡的首領。
臉上常掛著若有似無的笑意，有著獨特又神祕的魅力。擁有一頭金紅及肩長髮、中性美的端正五官，性格卻聰慧狡詐。

# 楔子

夜幕低垂，這裡是一座充滿罪惡的城市，是各種受管制的武器、毒品，甚至人體器官的分銷場所。這個城中的居民沒有誰是良好的小市民，妓女、小偷、黑幫分子、傭兵等各種危險的人物充斥在這座都市中。即使在光天化日的早上，已是無法無天、警察也管不著的自治區，漆黑的夜晚更是一天裡最危險混亂的時分。

在危險至極的深夜，偶爾傳來零星槍聲的街道上卻有一道嬌小的身影一閃而過，蹲在街道旁的小混混卻理所當然似地對此視而不見。

手上抱著一大袋泡麵，夏思思滿腦子都在想著今天的晚飯到底是海鮮還是牛肉口味比較好，悠然自得的神情沒有絲毫應有的害怕。畢竟她在這兒已生活多年了，一直也沒出過什麼意外。身爲在此處長大的孩子，這危險的城鎮相比之外頭安全又繁榮的都市，更讓夏思思感到親切。

之所以在這城市生活多年仍安然無恙，並不是因爲夏思思有權有勢，也不是少女依靠金錢疏通。相反地，她父母雙亡，性格懶散又不思進取，閒來打些散工混兩餐，哪兒租金便宜就住哪兒，反正隨身行李也只有一個大背包。少女總是架著一副又厚又大的黑框眼鏡，長長帶點自然鬈的頭髮簡單地束起來，十七歲左右的年紀卻因酷愛寬鬆衣服而令人根本看不出有沒有身材。簡單概括出來的結論就是——她是這座充斥惡棍的城市中的稀有生物，一個沒背景沒錢沒樣貌、普通得不能再普通的女孩子！

若說夏思思有什麼優點的話，那就是樂天知命，且很懂得「識時務者爲俊傑」的道理。

結果，便是大勢力懶得動她這種小人物，至於那些地痞流氓要錢嘛，她沒有；要人嘛，她又長得不好看。每每遇上這孩子，她也總是傻傻地笑得一臉單純燦爛，即使被小混混阻撓去路也不生氣，笑笑地去繞遠路，讓人即使想故意找碴也都自覺不好意思，再加上那些地痞們都不想做白工，結果就一直沒人去動她了。因此在這個正常人聞風喪膽的危險區域裡，她倒是活得輕鬆自在，挺悠閒的。

然而，還有一個沒人敢去動她的原因——有傳言，這個外表看起來人畜無害的少女，是從「那一間孤兒院」中逃出來的。

那是一間由政府創立、並設置在這座罪惡之城的孤兒院。只要用腦子想一想，也能感覺到把孤兒院建在這種地方是多詭異的事。事實上，這間孤兒院也確實不是個做善事、讓孩子安穩成長的地方。傳言中，孤兒院會從所收容的孤兒中挑選出資質優秀的孩子，訓練成沒有感情、只忠於政府的殺戮兵器。至於那些資質不好的，便只能成爲人體實驗的犧牲品。

不過，這間背後有著政府影子的孤兒院，卻在十年前被一場大火燒燬，聽說是關在裡面的孤兒爆發暴動所引起。

而夏思思，這個平庸卻總能在罪惡的狹縫中生存的孩子，正是在十年前突然出現在眾人的視線裡。

□

隨意地吃了一杯泡麵作晚餐後，夏思思很快便縮進被窩中做她的大懶蟲。現在少女所住的地方是曾發生滅門血案的廢屋，因此根本就不必擔心租金問題。

一陣嘈雜的槍聲與呼喝聲從窗外傳來，在這滿布槍林彈雨的城市生活了這麼久，夏思思早已習慣這兒的吵鬧，因此壓根兒就沒有起床查看的意思，以她那懶進骨子裡的惰性，即使天塌下來也有自信可以繼續睡。

直至「啪」地一聲，某種躍地聲在窗戶的位置響起，夏思思這才從床上猛然彈起，即使她再懶得動，也不能對房間被陌生人闖進來視若無睹。

「誰？」迅速戴上那副笨重得有點嚇人的眼鏡，夏思思很不滿地想到底是誰騷擾她的睡眠。結果意外發現闖入屋中的人並不是她想像中惡形惡狀的流氓，而是一個長得很美麗、年紀只有十五歲左右的少年。

應該說，「美麗」這個詞語根本不足以形容少年的美，在這世上大概沒有任何形容詞能比擬出這種令人震撼的美麗。少年有著一頭微金的秀髮，彷彿會發光似地散發著月光的光輝；一雙紫水晶般的眸子眼波流轉，深沉而不見底；更別提那白皙嬌嫩的肌膚、修長而纖細的四肢有多誘人。

夏思思瞬間便被這勾魂奪魄的美麗震懾住所有心神，只能直直地呆望著少年。

但很快地她便清醒過來，只因夏思思發現這名男孩的眼神深邃而狡黠，絕不如外表看起來那般純眞聖潔。

「妳和其他人不同。」少年緩緩勾起桃紅色的唇，那是個很美的笑容，然而這笑容卻令夏思思有種頭皮發麻、只想逃得遠遠的感覺。「其他人看到我的容貌不是痴呆地流了一地口水，便是發瘋似地想要討好我，我也很久沒有遇上那麼快便清醒過來的人了。」

「喔。」聽起來沒什麼興趣的應和聲，夏思思現在滿腦子只想趕走這個一看便感覺得出很危險的少年，然後好好回被窩中再睡一下。

少年的笑意更濃，似乎被夏思思與眾不同的反應完全引起了興趣。他彷彿自己才是房間主人般大剌剌地在床邊坐下，笑道：「妳好像不太想理會我。」

夏思思沒有出聲回應他，只雙眼向上一吊，對他大大地翻了一個白眼。

愉悅地露出笑容，少年滿身計算狡黠的氣息強了幾分。再次上下打量夏思思一會兒，忽然向少女丟出一個古怪的問題：「如果在地球以外還有著別的世界，而這個世界正等待著妳去拯救，且在完成使命後可以實現一個願望，妳會想要什麼？」

像是一臉看白痴的表情，夏思思想也沒想，單憑本能便立即有了答案：「我才不幹！」

「啊？」

「我現在活得開開心心的，幹嘛要去做拯救世界這種吃力不討好的事情？世上的能人何其多，我何德何能肩負世界的命運？那種深奧的問題自有其他比我更加出色的人來解決，這可不是我可以強出頭的事情。」夏思思沒好氣地說道：「何況你說的那個世界若是氣數未盡，那麼活在那兒的人自會自救。先不說我有沒有這個本事，光是只會依靠別人來拯救，那倒不如被毀滅算了，省得礙眼。」

「哦？妳似乎沒有外表看起來那麼笨，思慮滿快捷的嘛。」少年滿意並帶有讚許地點了點頭，然後很有氣勢地一指：「決定了，我就選妳吧！」

夏思思聽到少年的指名後愣了愣，還未領會到對方的意思，便感到一陣天旋地轉，四周的景物倏地扭曲了起來。

重重一下離心力，在感到自己好像被抽離了房間的瞬間，只有少年帶笑的嗓音依舊清晰：「忘了告訴妳，我叫卡斯帕，免得妳傻傻地連被誰送過去也不知道。」

# ch.1
# 旅途開始

「痛！」夏思思重重地跌在地上，還好墨綠的草坪異常柔軟，不然從這種高度跌下來一定免不了受傷。

等等！草坪？

顧不得疼痛，少女抬頭一看，四周景致不知什麼時候從自己的房間換成了充滿古老氣息的森林。高大的樹木遮掩住大部分陽光，以至於森林內幽暗一片，看不太清楚遠處的景色，但這的確是在森林裡沒錯。

用力眨了眨眼睛，確認這並不是自己的幻覺後，也不知道是否大而化之的性格使然，夏思思竟沒有表現出太大的驚嚇惶恐，反而是暗嘆著好好的深夜爲什麼忽然會變成了白日，令她完全錯過了做大懶蟲的時間。

森林中瀰漫著一陣陣潮濕的水氣，夏思思發現雖然遮掩了陽光的樹木其密集程度並沒有改變，可是很神奇地，濕氣愈重的地方光線便愈是明亮，這吸引了她追隨著水氣的來源而行。當少女轉過一個曲折的彎角後，眼前便出現另一片天地。

這是一片被大樹圍繞著的花海，陽光照射其中，令身處幽暗樹蔭下的夏思思生出一種虛幻的感覺。遠遠看去，花海的正中心是一座巨大湖泊，那不尋常的潮濕感正是來自於湖泊之中。

銀鈴般的笑聲引起了夏思思的注意，少女慢慢走近湖泊。湖泊佔地面積很廣，清澈的湖水光是視覺上已給人清涼的感覺。一群只有手掌大小、少女形態的水靈正飄浮在水面上嬉戲笑鬧，無風的湖面隨著水靈的舞動而泛著一波波漣漪。

夏思思的到來立即在水靈中引起一陣騷動，雖然聽不懂水靈們的語言，可是比起語言，更直接的情感卻不可思議地流進了夏思思的內心。

少女感受到水靈的不安及驚嚇，對方打算逃走的想法更是在夏思思的腦海裡一閃而過，很快地，這些水藍髮色的水靈們濺起一陣水花便要消失在湖泊中。

「等一下！」夏思思不禁大叫一聲，腦海中的強烈要求立時化爲無形禁制，即刻令一眾水靈僵在湖面動彈不得。水靈們一雙雙與髮色同樣湛藍的瞳孔閃現著惶恐，看著那魔力強大的人類少女。

「呃……不要這樣看我啦！我沒有惡意的。」夏思思也被自己突如其來出現的力量嚇了一跳，少女闔上雙眼盡量使自己放鬆，並嘗試將自己的想法傳達給這些受

到控制的水靈。

感受到夏思思的善意，水靈的恐懼感慢慢平復。並且少女在努力下，總算能夠勉強用意志力控制這股隨著她的心情而起伏的強大魔力，把約束水靈行動的束縛解除掉。

解除了魔力控制的水靈並沒有再次逃跑，而是小心翼翼地接近湖邊的人類少女。看對方沒再有什麼動作，膽子大了起來的她們開始圍繞著夏思思團團轉，似乎對這個明明有能力卻沒有使用強硬手段來控制她們的人類少女很有好感。

「其實我是想問路啦！妳們知不知道要去人類城鎮的話應該往哪個方向？」水靈不懂人類的話語，夏思思嘗試直接將語言化爲思想傳遞過去。

彷彿回答她的問話般，光滑如鏡的湖面忽然震動了起來。在水紋消失後，再次恢復平靜的湖面顯現出離開森林的道路。

「呃……即使妳們把影像展現給我看，我也看不懂呀！」喃喃自語的夏思思一臉困擾，對她來說，森林裡每棵樹都是一個樣子，即使看到了影像也無法肯定確實的方向。

水靈那動聽的嬌笑聲再次響起，隨即她們邊笑邊推舉了其中一名同伴上前。所有水靈外表都差距不大，同樣身穿白色長裙，擁有湛藍的長直髮與同樣湛藍的雙眸。然而細看下，這名被同伴推舉出來的水靈身上浮現出珍珠般的溫潤光彩，瞳孔的顏色也有別於其他水靈的淡藍，是帶有層次、猶如流動的泉水般變換著深淺色彩的靈動藍色。

察覺到眼前水靈的與眾不同，夏思思試探性地伸出手指，水靈並沒有躲開，笑嘻嘻地任由少女的指頭點了她細小的頭顱一下，隨即飛向夏思思束起馬尾的長髮上，並親暱地靠了過去。

「妳不單會替我帶路，還想跟著我出去看看這個世界？」任由水靈玩著自己的頭髮，夏思思笑道：「也好。但妳不要在人前現身喔！我並不想受人注目。」

水靈笑盈盈地頷首答允下來。

忽然，圍繞著夏思思的水靈們幻化成水滴，迅速返回湖中，至於位處少女髮邊的水靈也藍光一閃地躲進了她的頭髮內。當夏思思爲水靈們的舉動感到莫名其妙之際，陣陣腳步聲已隨之而來。

只見花海中相繼出現了四個人，夏思思目瞪口呆地看著對方穿戴在身上的輕巧銀白護甲，心想這是從哪兒來的角色扮演者嗎？

穿著騎士裝束的人分別爲三男一女，爲首的是一名二十多歲的金髮男子，青年的眼神給人如劍般的銳利感，冷漠自持的氣息，沉穩又俊逸，這是領導者才有的風度氣派。

雖然夏思思對來者一身誇張的裝束很有意見，可是不能否認對方長得很英俊，金髮藍眸加上深邃的輪廓，是名難得一見的美男子。

對於這名充滿強大氣場的金髮青年靠近身旁，夏思思不驚惶也不退縮，滿是好奇神色的清澈雙目直直地看進對方美麗又銳利的藍眸裡，毫不閃避。

雙方的距離拉近至只有兩步左右時，金髮騎士緩緩地單膝跪下，面對一瞬間不知所措的夏思思，青年不帶絲毫感情地說道：「聖騎士團第七隊隊長埃德加，在此恭迎眞神卡斯帕所預言的勇者大人。」

「卡斯帕！」夏思思很沒儀態地尖叫了一聲，恨得咬牙切齒：「果然是那傢伙搞的鬼！」

埃德加皺起英氣的眉，顯然很不滿夏思思對他信仰的神明所展露的輕率態度。

「你這是什麼表情？我還沒罵夠他呢！」夏思思快氣死了，若那個名叫卡斯帕的美麗少年在場的話，她才不會理會對方是人還是神，一定毫不猶豫就先搧對方一個耳光再說：「還有不要叫我什麼勇者，對於卡斯帕那個拯救世界的問題，我已經很鄭重地拒絕了，快點送我回去！」

「被眞神挑選爲勇者是無上的光榮。」埃德加雖然面無表情，但青年益發冰冷的語氣，顯示出他正處於爆發邊緣：「何況我們也沒有能力送妳回去，能往來異界的只有眞神而已。」

埃德加一身絕對零度的氣息，令身後的同伴不禁稍稍後退了半步，然而夏思思那習慣直視對方的雙目仍是沒有動搖，生氣中的少女所擁有的漆黑瞳孔內彷彿燃燒著明亮的火焰：「我告訴你，這件事情怎樣說也是你們那邊理虧，快點想辦法送我回去！還有，我餓了。」

夏思思前一刻毫不客氣地指著對方的鼻子罵，下一秒卻討起吃食來，埃德加實在從未遇過這麼厚臉皮的人，一時間愣住了，冰冷的表情也展露出難得一見的愣

然。青年現在看著夏思思的眼神與其說是不屑，倒不如說簡直是在看著一條害蟲。

不過夏思思不管再怎樣說也是預言中的勇者，即使看起來多不順眼，也總不能讓她餓肚子，於是埃德加只好示意同伴從行裝中取出一些乾糧遞給少女果腹。

取出乾糧的是四名騎士中唯一的女性，是個嬌小纖瘦的少女，一臉稚氣的面孔令人看不出實際年齡。少女有著紅紅的短髮，臉上帶有一片微棕的雀斑，很有鄰家小妹妹的感覺。若不是她同樣穿著騎士服，夏思思怎樣也不會把這麼一個女孩子與軍人這種充滿殺戮感的身分聯想在一起。

女孩遞上一片壓縮過的小麥餅，有朝氣的臉上泛起友善的笑容：「您好，我叫艾莉。」

「我是夏思思，你們喚我作『思思』就可以了。」接過乾糧，夏思思打量著眼前四人，從服飾、相貌及他們的名字看來，少女初步確定這是一個西方世界。雖然夏思思是名在外國出生長大的英籍華僑，但父母俱是華人的她，有著黑髮黑眼的正宗東方人外貌，希望在這個世界不會太引人注目便好了。

向艾莉道了聲謝，夏思思將視線轉向艾莉身旁的另外兩名騎士。與艾莉的友善態度相反，其中一名身材高大得像頭熊、長相粗獷的中年騎士，對於夏思思是勇者這個事實似乎難以接受，盯著少女的眼神充滿著懷疑與不信任。

「泰勒一直以來都很仰慕初代勇者呢！」輕笑聲響起，說話的是另一名年輕騎士。這人的年紀看來比埃德加年長一些，然而給人的感覺卻遠沒有騎士長來得穩重，容貌雖然沒有埃德加英俊，卻也長得滿不錯的。棕髮碧眼，長髮簡單地束在身後，輕率的語調與態度給人一種輕佻的感覺：「從接獲恭迎勇者的任務起，泰勒已在期待著新任勇者是一個怎樣高大威猛的大力士了。」笑了笑，青年接著指了指自己：「順帶一提，我叫凱文。」

「喔，那眞是抱歉我的手臂粗不過你的大腿，也不能一掌粉碎你的頭蓋骨。」夏思思咬著乾糧，漫不經心地應著。

泰勒似乎是個直腸子，當場便向少女發難：「妳這樣說是看不起我嗎？妳知不知道我是誰？我不單是使長槍的高手，還是王城最強的格鬥家，格鬥家的尊嚴可不容許任何人挑釁！」

拍了拍手上的麵包屑，夏思思含著滿口乾糧，看起來就像一隻正往腮幫子儲糧

的倉鼠。

面對大漢的怒火，嘴巴塞滿乾糧的少女用著模糊不清的語調不溫不火地說道：「我不知道你是誰，但我知道我是你們要找的勇者。」

一句話，便令泰勒尷尬地僵住，預計說出口的狠話也被對方的身分堵得完全說不出來。

不再理會臉色陰晴不定的大叔，夏思思伸了一個懶腰後，便轉身走向湖邊，一副要在餐後悠閒散步的樣子。看到少女遠離自己一段距離之後，凱文無奈地聳聳肩：「她是勇者，我想這才是最大的問題。這個女孩腳步虛浮，絕對是個從未習過武藝的人。爲什麼眞神大人會挑選她呢？」

埃德加冷冷說道：「我覺得她並不如外表般簡單。」看到同伴面露疑惑，青年的目光注視著夏思思愈走愈遠的背影，慢慢地說出自己觀察得來的想法：「雖然看似性格很單純，可是她的思路很敏捷，而且一點兒也不怕我，還毫無懼色地與我對視。」

的確，不要說是平常人，就連他們這些同一小隊的同伴，在面對埃德加的零度注視下，也總會不由自主地移開視線。他們曾經開玩笑地說過，若要測試新進隊員的膽量，根本不用搞什麼戶外特訓，光是叫埃德加用這種目光盯著他們十秒，看看誰沒有被這零度注視凍得結冰便可以過關了。

「那只是因爲她太遲鈍了吧？」泰勒忿然說道，他才不承認那個他一巴掌便可以拍死的小丫頭能夠匹配「勇者」的稱號。

艾莉聞言笑了起來：「剛才她不是一句話就堵住你的嘴了嗎？」在笑容下，帶有點點可愛雀斑的臉孔有著不符合幼稚外表的深思神情：「何況，她與我有著同樣的味道。我總覺得她一直在僞裝自己，這女生並沒有外表那麼人畜無害。」

「天呀！妳是說勇者小姐與妳一樣，年紀明明老大不小卻一副兒童樣嗎？」凱文裝模作樣地以很驚訝的語氣大叫，不意外，立即便有幾支暗器迎面而來。

輕鬆地閃過艾莉的突襲後，凱文正要再開口說些什麼來挑釁一下對手，卻無意間看到遠方夏思思的舉動而嚇得顧不上殺氣騰騰的艾莉了：「危險！快離開！」

聖泉的泉水雖然看起來很清涼，其實卻蘊含著異常炙熱的溫度，能夠淨化、分解任何物質，那個白痴勇者竟然伸手去碰！

她不想要她的手了嗎？

虛影閃過，魔武雙修的埃德加已用魔法瞬身至夏思思身後。眾人絕望地看到隊長將少女的手從湖中拉出，一滴滴落下的水珠證實了夏思思剛剛確實將手探進了聖泉裡。

「怎、怎麼了嗎？」本來想罵埃德加在發什麼神經，可是觸及眾人異常嚴肅的表情後，夏思思不禁嚇得縮了縮身體，就像個做錯事的孩子。

感到捉著手腕的力度稍微放鬆了點，夏思思立即發力將手抽離，並甩了甩手上的水珠後稍稍退後一步，不著痕跡地拉開了兩人的距離。

看到眾騎士的視線由緊張至凝重，再從凝重至絕望，又從絕望至訝異，少女只覺得莫名其妙。

「妳的手……沒事嗎？」

「啊？」看到夏思思一臉完全處於狀況外的神情，埃德加再次拉起少女的手腕查看。只見對方的手除了帶有些微濕氣外，細膩雪白的皮膚卻完好如初，完全沒有任何損傷。

「勇者大人，請看。」

聽到艾莉的稱呼後，夏思思撇了撇嘴，並嚴肅地告誡騎士們不要再稱呼她爲勇者大人。她可不接受勇者這個身分，也不接受名字以外的稱呼！

女騎士邊笑嘻嘻地答允下來，邊俯身摘下一朵花朵，並垂手把花泡浸在湖水中，隨即在夏思思目瞪口呆地注視下，觸及湖水的花瓣竟然瞬間被溶解了！

「傳說聖湖的泉水是世上最純潔的存在，它無法容納任何外物，並有著分解萬物的特性。按理除了從聖湖靈氣中誕生的水靈外，所有觸及湖水的東西都會被分解掉才對，可是思思妳的手……」艾莉手一放，只殘留三片花瓣的花兒隨即整朵跌落湖水裡，並且立即在湖水的侵蝕下消失得渣也不剩。

「湖水傷害不到妳。」凱文輕輕地接著說，他看著夏思思的眼神也變得不同了。與剛才的漫不經心相比，現在凱文滿腦子都在猜測著聖湖與少女的關係。

至於前一秒才以肯定的語氣定論夏思思沒有任何特別之處的泰勒，則是大大地張著嘴，一臉說不出話來的表情。

不理會眾人的注視，夏思思的手瞬間又再放入湖水中，看得身旁的人不禁抽了

口氣。輕輕地用指尖撥弄著湖水，感到躲於髮內的水靈在吃吃偷笑，夏思思對於自己的特異免疫力可是心中瞭然。

從聖湖而生的水靈自然能夠免疫湖水所帶來的負面影響，那麼，也能夠解釋爲什麼身上寄宿著水靈並受其保護的自己不會被湖水分解了！

當然，能夠推測到這點是在知曉少女的長髮上藏有水靈的大前提下。夏思思顯然不會那麼好心把水靈的存在洩露給這些認識還不到一天的聖騎士知曉，因此埃德加等人想破頭也不會明悟到箇中緣由。

只見少女拿出艾莉連同乾糧一併交給她的水囊，在眾人目瞪口呆的注視下，一口氣喝掉裡面的清水，然後用意念與水靈溝通一番後，便將水囊按入湖中讓泉水灌進去。果然水囊並沒有被泉水分解，很快便裝了滿滿的泉水。

夏思思甚至還試驗性地喝了一口，滿清甜的。

轉向一臉震撼的聖騎士們，夏思思搖了搖手上的水囊，甜甜地笑道：「我喜歡這些泉水的味道，要帶一些在途中喝。」

騎士們對此自然沒有異議，卻不知道夏思思壓根兒沒想過眞的把湖水拿來解渴用，她才不會如此暴殄天物呢！

這些湖水眞的如傳說中所說能夠溶解任何事物的話，對持有水靈的夏思思來說，可是絕佳的武器啊！畢竟至現時為止，身處異界的她並沒有什麼足以稱得上是自衛的手段。

當然，少女絕不會傻得把她的意圖表現出來。如果被這班虔誠的聖騎士得知她將神聖的聖水視作硫酸使用，一定會怒不可遏地制止她哪怕帶走一滴湖水吧？

一想到這裡，夏思思不禁有點心虛地笑了起來：「那麼，我們現在就出發了嗎？」

埃德加挑了挑眉，顯然猜想不出剛開始還那麼抗拒勇者身分的夏思思，為何現在態度會有一百八十度的大轉變，變得如此合作。

當中必定有詐。

不過將勇者迎回王都是他們的使命，聖騎士的尊嚴不允許任務有任何閃失。既然對方願意動身，埃德加相信在他們的護送下，一個對世界毫無概念的少女絕對弄不出什麼大亂子。

跟隨騎士們走出森林的夏思思一臉的乖巧溫順，衡量過利害後，少女還是決定先當一段時間的勇者看看。畢竟初到異界的她人生地不熟，要跑也得先弄清楚這個世界的形勢後再跑不遲。

奸狡狠毒的地痞流氓也對她沒奈何，就看這些嚴謹得不得了、腦袋絲毫不懂轉彎的聖騎士可以將她困至什麼程度好了。

□

被埃德加等人領著東繞西拐地走了好一段路後，出現在少女面前的，除了是排列得整整齊齊的三百多名第七隊轄下的聖騎士外，還有便是幾匹沒有主人在旁、拴在樹幹上的駿馬。挺拔的身軀配上充滿光澤的毛髮，即使是對馬匹優劣沒有任何概念的夏思思，也看得出這幾匹是血統優良，並且得到悉心照顧的良駒。

眾馬之中，一對白馬最引人注目，全身雪白沒有一絲雜色，即使身處於這些水準甚高的馬群中仍是異常地耀眼。其中一匹白馬在看到埃德加後立即溫馴地靠過去，其親暱的舉動說明牠正是埃德加的坐騎。一旁的凱文隨即上前拉出了另一匹無主的白馬走向夏思思。

「呃……你將這匹馬交給我幹什麼？先聲明我可是不會騎馬的。」凱文那傢伙竟將馬交給她！她可是活了十七年，直至今天才首次親身接觸到活生生的馬耶！

「什麼？妳連馬也不會騎!?」凱文還來不及說什麼，泰勒便發出幾乎稱得上是悲鳴的慘叫，這打雷般的吼叫聲轟得夏思思的頭痛了起來，更讓頭痛欲裂的她一瞬間產生了拿對方進行聖水融化實驗的可怕想法。

在夏思思明言不懂騎馬的瞬間，已立即摀住雙耳的艾莉笑得天眞可愛，可是說出來的話卻滿滿的幸災樂禍，帶刺地說：「我剛才好像看到了泰勒所期待的大力士勇者，一下子破碎成滿天碎片的幻覺呢！」

「不是在湖邊的時候已經破碎掉了嗎？」凱文涼涼地補上一句，隨即不再理會蹲在一旁自個兒舐著傷口的泰勒，很殷勤盡責地向夏思思講解這白馬的特別之處：「這是傳說中精靈與人類交好時贈送給人族的安德莉亞之駒，從古到今擁有這種神駒皆是身分的象徵。隊長是因爲曾經從妖魔口中救出國王陛下，再加上卓越的戰功才被賜與一匹當作坐騎，這可是整個第七隊的驕傲呢！」

冷眼看了埃德加與他的坐騎一眼，這種神經質般一塵不染的純白，的確與這個冰山隊長是絕配啦！金髮藍眼的他配以純白的坐騎，除了聖騎士之外，更像個白馬王子……雖然這個王子的眼神實在太銳利了點。

雖然有埃德加這個珠玉在前，可是夏思思還是好說歹說也不願意接收另一匹白馬。先不論少女的騎術如何，單是這匹馬那過於搶眼的外表，已為夏思思所不喜。

少女理想中的坐騎除了耐操加上速度快這些條件外，還有一點她絕不妥協的，就是必須要不起眼。

像安德莉亞之駒這種一眼望過去就知道主人非富即貴的馬匹只會為她帶來麻煩，何況她某天想要放下勇者身分來個大逃亡的話，還會是個負擔。

以騎術作為推辭藉口畢竟不是長久之計，何況夏思思本就計畫要在這段前往王城的旅途中學會騎術。可是過於強硬的拒絕只怕會讓對方察覺到她仍懷有逃走之意，還是好好想一想有什麼具說服力的藉口將這份大禮推掉吧！

□

離開了森林，總算踏足人類村落的夏思思首次接觸到除了聖騎士以外的普通人，發現與現實世界中的小村莊並沒有太大分別。雖然這個世界沒有汽車及電燈等高科技產品，但是這裡的人卻能使用一點小魔法來填補這些缺憾，生活上倒沒有太大的不便。

一行三百多人的聖騎士正在村莊外的空地紮營休息，至於夏思思這個勇者以及埃德加等人，則借住在村長家裡。聖騎士在這個世界似乎是非常神聖的存在，不論走到哪裡都不難看到村民凝望著他們時的讚美與崇拜眼神。拜此所賜，他們倒是完全不用苦惱住宿的問題。

「普通人也能用魔法嗎？」夏思思一手把玩著村落中孩子獻給她的鮮花，一手托著頭，懶洋洋地詢問。

「可以呀，只是他們的魔力大多很微小，必須借助晶石以及詠唱才可以施展出一點小魔法。真正擁有強大魔力的人很稀少，只要被發現擁有強大的魔法天賦，便

能獲得國家的全力資助，並統一送到學園接受高等教育，每一個通過魔法協會測試的魔法師都是眾權貴搶著要的紅人呢！」看到夏思思悶極無聊的模樣，凱文將手中一籃造型精緻的蛋糕交給了她，這些甜點估計全都是村中少女送的。這男子的長相雖然不及埃德加俊美，但勝在嘴巴夠甜，到村子後便花言巧語地將那些少女們迷得魂兒都沒了一大半，偏偏他本人又不嗜甜食，這倒是便宜了夏思思有免費點心吃。

「說起來，我還很期待思思妳的魔法天賦呢！」見少女吃得津津有味，凱文若有所指地補上一句。

「我只是一個普通人，才沒什麼天賦，也不懂魔法、沒有魔力！」心虛地移開視線，夏思思心想絕不能讓這些人知道她可以控制聖湖的水靈，不然一定會以勇者的名義大大地指使她做東做西的。

她可沒興趣為了拯救世界這種與「征服世界」一樣，在地球被無數網民用來惡搞的原因，而豁出性命與不知名的敵人拚生拚死，這樣感覺很傻、也很麻煩耶……

何況途經的村莊雖然規模不大，但規劃井然有序，可以看出經過統治者辛勞管理過的痕跡，完全是一副和平盛世的景象，哪有絲毫需要勇者來拯救的樣子？

對比一下先前夏思思所居住的那個走上大街都可能被流彈擊中喪命的城市，這裡簡直就是和平到人神共憤的程度啊！

艾莉正要回答，卻被來自街道吵雜的叫喊以及一陣陣野獸的咆哮聲所打斷了。夏思思只覺眼前一花，本來坐在少女身邊的女騎士隨即消失無蹤。

「糟糕！這是妖獸的叫聲！竟偏偏在這種時候遇上獸潮……思思，妳留在這兒不要出去！」短短交代了這麼一句，凱文也俐落地拿起擱在桌上的劍，轉身衝了出去。

## ch.2
## 小試身手

「你不說我也不會出去。」夏思思邊喃喃自語，邊小心翼翼地探頭出窗外查看。本來寧靜的街道此刻充斥著驚叫與呼救聲，井然有序的農田被四散的人類與妖獸踐踏得亂七八糟，街道滿布著觸目驚心的血紅。

發動襲擊的妖獸是一群外型酷似野狼的生物，體積卻足足有野狼的一倍。妖獸的臉上只有一隻獨眼長於額頭位置，從下顎突出的獠牙尖銳而猙獰，尾巴有點像蜥蜴，末端長有銳利的尖刺。

雖然妖獸長得威風凶悍，可卻遠遠不是聖騎士的對手。只見騎士們斬瓜切菜般手起刀落，往往斬出一劍便會有一頭妖獸被乾脆俐落地分屍。

然而妖獸的數量實在太多了，騎士團大部分的戰力皆集中在村落外圍，爲了阻止獸潮擁入村莊已然拚盡全力，再也沒有餘裕來處理那些突破防線、闖進村莊進行屠殺的零星妖獸。

「嗯？怎麼有點奇怪……」將視線飛快地掃過眼前地獄般的情景，夏思思忽然發現了什麼似地眨了眨眼。

隨即，少女霍地站起身，將大門打開了一條狹縫後把上半身探出去，並往外招了招手：「喂！」

好幾名拿著武器、卻不敵妖獸的攻擊而被追得四處亂竄的村民察覺到夏思思的呼喚，立即一臉喜色地閃躲進少女藏身的木屋中。

「小姐也是聖騎士吧？拜託！請救救我們！」

一臉「我就知道會這樣」的表情，夏思思的回覆意外地冷淡：「你們手上不是有武器嗎？爲什麼不保衛家園反而轉身逃走呢？」

男人們被譏諷得一臉狼狽，忍不住爲自己辯護：「我們當然希望能夠以自己的力量保衛村莊，可我們只是以務農維生的農民，即使戰鬥也只會白白送死而已。」

夏思思深深地看了這些滿臉憤恨的男人一眼，對方眼中的不甘心看來不像騙人的。見狀，少女滿意地點了點頭，道：「誰說你們沒有進攻的手段？你們不就懂得一個能夠決定勝負、很有用的魔法嗎？」

□

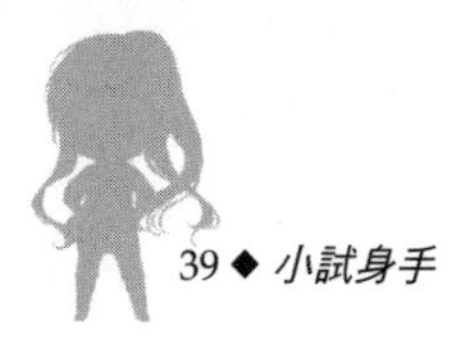



「可惡！」泰勒手一揮，巨人般的力道將兩隻撲向村民的妖獸硬生生推開，男子手上那柄就連重盔甲也能刺穿的騎槍，輕易便在妖獸身上刺出一個大洞，頓時血光飛濺，滿身腥臭的血液令他厭惡地皺起了眉。魔族的血液帶有毒性，若不是聖騎士所穿著的盔甲有著眞神的祝福，除了對物理性的攻擊擁有卓越的防衛力以外還能抵禦魔族的血毒，泰勒此刻已因中毒而失去戰鬥力了。

本就是暴躁的個性，此刻泰勒面對這些明明不是很強卻異常難纏的妖獸，顯然已完全失去耐心，更何況一想起在他們被妖獸纏著的時候，不知道會有多少村民就此失去性命，就令他的心情更加煩躁。

寒光一閃，一連三頭妖獸瞬間斃命。與騎著馬匹跑在前方殺敵的泰勒那粗暴的劍法不同，一招擊殺的閃光之劍是隊長埃德加的特徵。隨著妖獸倒下，一把比劍風更冷的嗓音從旁響起：「保持隊形。」

看埃德加簡單的一句話便令頭腦發熱的泰勒冷靜下來，凱文欽佩地吹了一下口哨，轉身向泰勒笑道：「你追得太深入了，別忘了我們可是將背後交給了你呀！」

凱文的話才剛說完，忽然幾把短劍自側後方射出，驚險地於泰勒耳邊掠過。惡作劇的主角艾莉依舊頂著一張純眞的孩子臉惡劣地笑著：「抱歉，手滑了一下。」

騙人！三名男騎士難得很有默契地同時浮現起相同的想法，身處同一小隊的他們從沒少領教過這位女團員的腹黑。

衝擊著村莊的妖獸絡繹不絕，魔族全都由闇而生，智慧愈高的魔族外表愈接近人類，這些妖獸仍保持獸類的外型，表示牠們只憑本能生存。聖騎士身具魔力，對牠們來說是非常有吸引力的食物，即使身旁的同伴不停被擊殺，妖獸們仍像撲火的飛蛾般不停攻擊，然後被殺。

傳說，魔族是沒有心的。

埃德加皺起了眉，看妖獸瘋狂進攻的表現，要保全村莊便只能把妖獸殺得一頭不剩。本來爲了保護藏身在木屋裡的夏思思，青年並不想離勇者所在的位置太遠，但單單被動地阻擋在村落外圍卻不是辦法。防守是重甲兵而不是騎士的專長，時間拖得愈久只會愈不利，他們必須主動進攻才行。

「凱文，能確保勇者大人的安全嗎？」

「離開時我在木屋附近設下了防守的結界，只要思思不主動出去，這些低階妖

獸是絕對拿她無可奈何的。」

埃德加滿意地點了點頭，隨即向三名小隊長下令：「妖獸是從村落前方的山谷而來，凱文、泰勒，你們分別帶領一百名隊員繞至牠們後方進攻，這期間我與艾莉會堅守著村莊的外圍，給你們十分鐘，能做到嗎？」

凱文與泰勒對望了一眼，隨即右手橫胸在馬背上向埃德加行了一禮，堅定地說道：「誓死完成任務！」

□

在兩人領著二百名騎士離開不久，一陣魔力波動以村落正中位置爲中心點，猶如水流似地一波波盪漾開來。那是帶著古老而濃厚的氣息，滿載水氣的強大魔力。

妖獸群發出尖銳的咆哮，瞬間外圍妖獸的衝擊變得更加猛烈，村落內四散的零星妖獸則向著魔力的來源——一間用來堆放馬匹食用麥草的矮小木屋——群起而攻。而在木屋門前，是帶著悠然微笑，神情輕鬆得彷彿只是外出散步似的夏思思。

同一時間，繞至妖獸群後方的凱文等人開始衝鋒了。受到魔力吸引的妖獸分布狀況變得集中起來，馬匹奔跑的高速造成了驚人的破壞力，山谷的斜坡更令騎士們衝鋒的速度加快了幾分。大量妖獸死在騎士的第一波衝擊之下，死因除了被斬殺以外，還有戰馬高速下的衝擊所致。

雖然外圍的攻擊獲得了奇效，可是在村內肆虐的妖獸卻已來到夏思思的身前！

這麼遠的距離即使是魔力足以媲美初階法師的埃德加想要救援也已經來不及，只能與艾莉以最快的速度趕過去。眼看妖獸正要撲上去噬咬少女的咽喉之際，木屋頂部卻突如其來地爆發出震耳欲聾的爆破聲。

這種猶如火藥爆破的聲響，正是村民最擅長、用來驅逐田中鳥兒的聲音魔法。

「誰說你們沒有進攻的手段？你們不就懂得一個能決定勝負、很有用的魔法嗎？」

受到巨大聲響吸引的妖獸，不約而同地抬頭往聲音來源看去。此時木屋的屋頂正站滿手握武器的村民，然而妖獸卻沒有對屋頂上的村民做出攻擊，抬首後卻帶著

深深的困惑僵在原地。

舉起長矛，村民們鼓起勇氣從屋頂跳下去，不費吹灰之力便殺死了不知爲何反應變得異常遲緩的妖獸群。

看到這一幕，聖騎士放緩了奔跑的步伐，即使冷漠如埃德加，也不禁露出了既欽佩、又恍然大悟的表情：「原來如此，是逆光！他們在利用獨眼妖獸對光線特別敏感的弱點！」

親手殺光了攻擊村莊的妖獸，村民們無法置信地呆望著手上那沾染妖獸血液的武器好一會兒，隨即爆發出不亞於聲音魔法的強大歡呼聲，不光女村民，不少男人也情不自禁地流下了淚來。所有人都在慶幸，當時冒險選擇相信了少女的保證。

在那個時候，這名衣著怪異、外表平平無奇的少女俏皮地眨眨眼，像是一個正要惡作劇的孩子般笑著。然而她眼神中所展現出的堅定與自信，沒有任何虛僞，直視著所有人的眼神，卻令村民們願意賭上自己的性命，毫無根據地選擇相信了她。

「放心吧！站在這個位置，妖獸絕不會看到你們的。」

念及這位恩人，男人們立即一哄而上，團團圍住夏思思並將她高高拋起，笑聲及歡呼聲將少女的尖叫完全淹沒。

聖騎士們好笑地看著一臉虛脫的夏思思被總算盡興了的村民放下來，少女那一臉受盡驚嚇的樣子，不禁令人懷疑剛剛面對妖獸時的從容不迫只是他們的幻覺。

可惜在戰勝的喜悅過後，村民們便要面對殘酷的現實：被破壞的農田、親友的屍首，還有妖獸的殘骸，都是他們所必須承受的。

看著堆放起來的妖獸屍骸，夏思思只求眾人盡快把這些妖獸火化掉。只因從屍首傳來的一陣陣異樣感令她很不舒服，彷彿在妖獸的屍體四周瀰漫著一股肉眼看不見的污濁氣息。

「可以快點燒掉這些屍骸嗎？」少女終於忍無可忍，向埃德加強烈提出要求。

訝異的神色再次於青年冰冷的臉上浮現，可是夏思思卻已無心理會，她眞的覺得很不舒服。

「妖獸的屍體帶有毒素，必須請附近神殿派出祭司淨化後才可以燒燬，不然燃

燒時所釋放的氣體會危害吸入者的性命。只是……想不到不懂魔法的妳感應力會這麼高。」

埃德加將手放在夏思思光潔的額上，慢慢把聖騎士特有的、帶有神聖力量的魔力傳送過去，以舒緩少女的不適。與輕柔的動作不同，青年一雙晶瑩剔透的美麗藍眸帶著凌厲、像是若有所思的研判：「剛才吸引妖獸的魔力帶有濃郁的水氣，妳的身邊跟著棲息於聖湖的元素精靈嗎？」

夏思思抬頭迎上那比平時更顯冷酷的眼神，面不改色地說：「怎麼可能呢？只是利用聖水發出的力量吸引妖獸過來罷了。」她可是裝傻最在行、說謊不打草稿的呢！

深深地望進了少女的眼中，即使埃德加心裡認爲聖水並沒有如此強大的魔力，然而卻也無法從那清澈無懼的視線裡看出任何謊言的痕跡。本身並不是追根究柢的性格，於是他也就移開了視線，沒有繼續追問下去。

本因不適而難得乖巧安靜的夏思思忽然拍起埃德加的手臂來，力道並不大，但那頻率密集的動作非常成功地引起了對方的注意及不滿。

不理會青年的臭臉，夏思思眼中不加掩飾地湧起了點點亮晶晶的喜悅，是那麼地純眞直接：「對了！聖水！」

只見少女匆匆忙忙地從懷中拿出水囊，並將裡面的聖水向屍骸堆一潑，不消幾秒，數十隻妖獸的屍體便被淨化無痕了。

「嗚呀！好噁心！」好像武俠小說中的化屍水……

很沒勇者樣子地吐了吐舌頭，少女對自己的傑作很是驚歎。消滅掉那帶毒的骸體後，夏思思一不做二不休，用手沾了一點聖水然後彈於染血的地上，很快地，就連血跡也看不見了。

「隊長，現在我明白當初你在湖邊時，爲何會說這個來自異界的女孩子不簡單了。」凱文的視線不由自主地追逐著那以極緩慢的速度，一臉打發時間的表情在幹活著的勇者，不禁有感而發。

的確，或許她眞的沒有身爲勇者應有的威風凜然，或許她眞的懶散又沒幹勁。但是，這個外表不堪一擊的少女卻可能超乎想像地強大。

那在短短時間內便看穿獨眼妖獸視覺弱點的觀察力、召集村民的號召力，還有

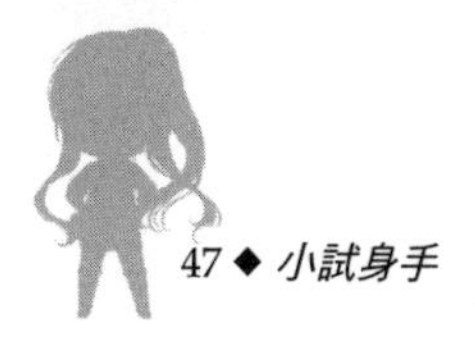



利用聲音魔法與逆光的智慧，以及面對妖獸時從容不迫的膽量，無一不令他打從心底折服。

也許夏思思自己沒有察覺，但知道妖獸的屍體有毒，便立即聯想到要清理同樣帶有毒性的血跡，這難道不是心思細密的表現嗎？

就連一開始對她充滿敵意的泰勒，現在看少女的眼神也變得客氣多了。

「或許大祭司在我們出發前所說的建議，並沒有想像中那麼糟糕。」

那個將聖騎士團第七隊列為勇者麾下直屬部隊的方案。

□

經歷了一場風波，第二天眾人便離開了村落，繼續向宮殿出發。臨行前埃德加告訴村民夏思思並不是他們所以為的聖騎士，而是由真神召喚而來的勇者。少女本以為村民會像泰勒般露出失望的表情，可是出乎意料的是，他們雖然意外，卻敬仰、真摯地向她送上祝福與感謝。

村民那一副完全承認她爲勇者的樣子，對夏思思帶來了不小的衝擊。撇了撇嘴，少女決定以後絕不再多管閒事了！

「艾莉，」夏思思學得很快，現在已可以單獨策騎了。只見她動作有模有樣地驅使馬匹追上前方的女騎士：「這個世界的村莊經常這樣受到妖獸襲擊嗎？」雖然很想逃避，但夏思思還是決定繼續村落遇襲前的話題，只因消除妖獸說不定就是她這個勇者的工作。無論當不當這個勇者，對於有關自己的事情心裡有數總是好的。

身爲孤兒，沒有任何牽掛的她對於回到原來世界這點並沒有多大執著。畢竟異世界再危險，相比於少女現實中那種流彈滿天飛的居住環境實在是小巫見大巫。夏思思早已打定主意，只要情況不對，便會找個機會隱姓埋名地藏起來，反正人不爲己天誅地滅，何況她根本就沒有義務去做這些拯救世界的傻事。

她可是被逼迫去蹚這渾水的最大受害者呀！

「其實以前不是這樣子的。」艾莉嘆了口氣，她早就想找個機會告訴對方一些這個世界的概念了，現在夏思思主動問起，自然是知無不言言無不盡：「只是每隔五百年一次的週期，魔族的活動便會開始頻繁起來。」

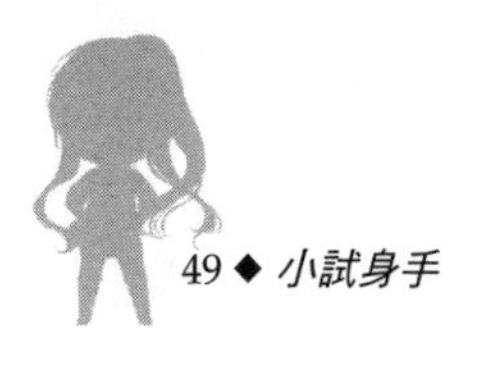



「傳說萬物之初是一片混沌。」埃德加那沒什麼情感起伏的嗓音響起，平緩地敘述著這個世界的傳說。夏思思翻了個白眼，實在很想告訴對方他絕對當不成一個合格的吟遊詩人：「當混沌經過數十萬年的沉寂，便出現了光與闇。光創造了人類，以信仰爲力量，喜悅來自救贖。闇創造了魔族，力量來自殺戮，以恐怖統治大地。」

清冷的嗓音，沒有感情的陳述，卻意外地適合敘述這個久遠的傳說。急於了解這個異世的歷史，夏思思很專心地傾聽。「光闇相爭，最終光之神卡斯帕將闇之神羅奈爾得封印在世界之涯內，成爲世界上唯一存在的眞神。」

「但是每隔數百年封印便會減弱，所以就需要勇者來將闇重新封印嗎？」拜託！這是什麼老掉牙的劇情設定！

「是的。」回答的人是凱文：「眞神始料不及的是，縱使封印了闇之神的肉體，可是祂吸收著世間萬物的負面情緒，每隔數百年，祂的精神體便會強大得能夠驅使魔族，並且促使低階妖獸繁衍。」

「可既然卡斯帕當年能封印羅奈爾得，那麼對方的精神體也應該不是眞神的對手吧？」夏思思舉起手，連珠炮似地發問：「何況爲什麼一定要異世界的人當勇者？要打倒羅奈爾得，這個世界的人不行嗎？還有那個羅奈爾得……」

「噓……」凱文將手指放在唇邊做出了一個噤聲狀，小聲地說：「不要輕易說出這個名字，別隨意呼喚祂。闇之神絕不會放過入侵勇者心靈的機會的。」

艾莉點了點頭，鄭重地道：「在闇之神完全陷入沉睡之時，作爲見習騎士的我曾經到過封印之地，到現在我仍清楚記得當時那種無法與之抗衡的威壓。」打了一個冷顫，這是夏思思第一次在艾莉眼中看到這種赤裸裸的恐懼。「在封印之地還保留了一張闇之神的畫像，男子的外型有著純黑的長髮與眼眸，那種如此純粹的黑，彷彿可以淹沒世上所有的顏色。」說罷，艾莉神色古怪地盯著夏思思的黑髮黑瞳：「就像勇者大人……呃，思思妳的髮色與瞳色一樣。」

夏思思拉了拉自己的漆黑長髮不予置評，在她原本居住的世界，黑髮黑瞳的人很常見——即使她是個在外國長大的華僑。可穿越至異世界此今，夏思思的確還未遇見過任何黑髮黑眼的人。

少女不由得想起那名外貌絕美的眞神大人，心想特意挑選一個容貌特色與闇之

神相似的人作勇者，這位神祇還眞是惡趣味。

「傳說猶如魔族的身體天生便帶有毒素一般，闇之神只是說出口的話語便已經含有劇毒。若沒有眞神的守護，那麼聞者只能傻傻地照著祂的話去做，不帶半分猶豫。」

夏思思抽了口氣，驚呼：「那麼厲害，那麼不用跟祂打，祂只需一句話便能夠令我這個勇者人頭落地了！」

「這就是需要呼喚異界人的原因。」泰勒雖然對夏思思那驚惶失措的樣子不以爲然，可仍是粗聲粗氣地對少女的疑慮作出解釋，這比初遇時的態度已經算是友善得多了。「因爲異世界的人並不是這個世界的原生物，所以對於闇之神的精神攻擊有一定程度的防禦力。」

「當然還有其他原因啦！雖然文獻沒有詳盡提及，但異界人好像對於結界以及魔法也擁有特殊的影響力。」凱文摸了摸夏思思的頭安慰著：「放心吧！眞神既然挑選了妳成爲勇者，那麼妳就一定擁有消滅敵人的能力及潛能。」

「可是我覺得怎麼卡斯帕那傢伙才是最靠不住的呢？」小聲嘀咕著，夏思思大大地嘆了口氣。她這個勇者前途多災多難呀！

□

經過兩個多星期的路程，一行三百多名聖騎士總算護送著眾人引頸期盼的勇者大人，浩浩蕩蕩地到達王城。

王城是宮殿的所在地，亦是整個人類帝國安普洛西亞王朝的中心地帶。當中有著全國最大藏書量的國家圖書館、歷史悠久的高等學院，以及連接南北經濟的河道作爲交通網，這裡的繁榮與富裕程度是其他城鎮無法相提並論的。

夏思思一進城便受到民眾熱烈的歡迎，少女此刻才有了自己身爲勇者的眞實感。面對人群的仰慕歡呼，她卻苦著一張臉憂心忡忡的，雖說臉上那大大的黑框眼鏡遮掩了三分之二的容貌，可自己的身高與體型就這樣曝光了，逃亡計畫又多了一層阻礙，好想哭……

對於地位僅次於王族的教廷來說，聖騎士可謂教廷中的特殊組織。除了主教

與祭司的命令以外不受任何人約束，就連國王亦無法左右聖騎士的決定。由於身為聖騎士必須具有優越的戰鬥天賦以及對眞神的絕對忠誠，再加上是長年在前線對抗魔族的高危險職業，故此聖騎士的數量一直稀少。與長駐神殿的神官以及祭司們不同，聖騎士總是為了消滅魔族而四處奔走，甚少出現在擁有眞神庇護的王城裡。

正因聖騎士的稀少與神祕，夏思思很高興地發現民眾的視線雖然大多是好奇地圍繞在她身上，可是埃德加他們還是很成功地轉移了一部分的注目。

並沒有因民眾的夾道歡迎而多做停留，埃德加、凱文、艾莉、泰勒四人領著夏思思直接進入宮殿範圍，至於其他的聖騎士則前往王城的教廷總部歇息。

進入城堡內部以後眾人才剛下馬，夏思思便見到一個花俏的身影餓虎撲羊似地往埃德加衝去。冷面隊長在千鈞一髮之際緊捉住對方的肩膀，險險避過了被性騷擾的危機。

即使旁人都為他抹了把冷汗，然而埃德加的萬年冰山臉仍是令人驚歎地沒有任何改變。

夏思思立即將注意力放在那個膽敢突襲埃德加、而且沒有被冰山隊長還擊斬開十段八段的身影上。剛才事情來得太突然，以致夏思思沒看清來人的長相，怎料一看竟是名年紀與她相仿的妙齡少女，穿著綴滿寶石的華麗禮服，金棕色的長髮上是一個閃閃生輝的金鑽頭冠，而少女的美貌則是與那身珠光寶氣的服飾相襯的高貴美艷。

美麗的人兒在視覺上總是討人喜歡，請注意，是視覺上。

「怎麼了？埃德加你不用害羞啦！」少女嬌滴滴地說著，然後目光越過埃德加看向身後的人：「艾莉妳的皮膚怎麼還是如此糟糕？雀斑的面積好像比我上次看見妳時更多了。天呀！這個醜女是誰？」華衣少女指著衣著怪異的夏思思慘叫了一聲，還裝出一副快要暈倒的樣子。

凱文悄聲地在夏思思耳邊說：「這位是布萊恩陛下的妹妹安朵娜特公主，她很愛慕隊長，因此對於隊長身邊的女性一概敵視。對於她那些故意挑釁的話，妳不用太在意。」

愛慕隊長？那個冷面冰山？夏思思呆呆地看著皺起眉應付那位公主殿下的埃德加，心想還眞是青菜蘿蔔各有所好呀！

得知夏思思的勇者身分後，安朵娜特公主的態度並沒有因此而友善多少，反而氣焰變得更盛，冷嘲熱諷的話益發難聽。然而夏思思卻將公主殿下當空氣看，把以前用來對付流氓所用的「無視精神」發揮得淋漓盡致。

至於這個安普洛西亞帝國的最高權力者布萊恩陛下，卻再一次令夏思思感到意外，本來看到安朵娜特這名潑辣公主的言行，心想她的親哥哥大概也是一副差不多的德行吧？然而布萊恩陛下卻意外地好相處，文質彬彬且性情隨和，同時亦意外地年輕。

「陛下與安朵娜特公主長得一模一樣呢！」不過個性倒是天差地別，而且相比蠻橫任性的公主，氣質優雅文秀的哥哥看起來更出色漂亮。

「他們是雙胞胎，不過妹妹醜多了。」艾莉以只有兩人聽得到的音量小聲地說，不懷好意的眼神上下打量著黏住埃德加的公主。

夏思思眨了眨眼，問：「艾莉妳還沒對她做過什麼嗎？」心目中艾莉是那種睚眥必報的類型，性格又腹黑，不可能沒惡整過公主。可是看安朵娜特的樣子，又不像是很怕她……

「有呀！只是她一直不知道是我幹的。」

「喔。」

夏思思將注意力從公主轉移至國王布萊恩身上，感受到少女的視線，布萊恩回以禮貌而友善的微笑。這個人果眞比那個空有漂亮外殼的草包妹妹出色多了，只是單單一個點頭致意的動作，卻仍是有著強大的親和力。

將勇者平安帶回城堡以後，原本埃德加他們便要告辭了，最後卻因不敵布萊恩熱情的挽留，便答應用餐完畢後再回教廷覆命。

宮殿的迎賓室如同夏思思想像般華麗，長長的餐桌上早已坐著兩名衣著莊重的陌生人。一名是上了年紀的白髮老人，另一名卻是只有十四、五歲的少年，聖騎士一看到兩人，便立即恭敬地上前行禮。

身爲國王的布萊恩也向兩人點頭致意，隨即微笑著爲夏思思介紹：「這兩位是教廷的核心人物，主教賽魯基大人以及祭司伊修卡大人。」

即使心裡覺得麻煩，夏思思還是少不了要上前與兩名大人物寒暄一番。主教雖年事已高，卻仍給人一種無形的壓迫感，是一名威嚴的長者。至於那位除了擁有一

頭猶如月光碎片般美麗的淡金髮色外，外表可謂平平無奇的少年祭司，少女總覺得以前曾經見過他，可是怎樣也想不起來。

夏思思敏銳地發現四周人的目光在觸及這名祭司時，都不禁將視線停留在他身上多一會兒，這個人明明長得那麼平凡，但身上卻散發著一股吸引著別人的奇異力量。

其實聖騎士們之所以選擇留下來，除了因爲國王的盛情難卻外，另一個原因就是擔心夏思思能否應付此次聚餐。他們並沒有發現自己在不知不覺中已將少女視爲伙伴，並且在心中所佔的分量已到達了會爲對方擔憂的程度。

可是很快地眾騎士便知道自己是白擔心一場了，夏思思的餐桌禮儀竟然完美得無可挑剔，只要不去理會她那身過於簡單的怪異裝束，少女優雅的動作簡直像是出身名門的貴族千金。

夏思思的出色表現令安朵娜特公主的臉色愈來愈難看，她早就想好該用什麼難聽的話去攻擊這個看起來沒什麼教養的勇者，而現在這種狀況，卻讓她完全失去了令對方難堪的機會。

即使夏思思沒有刻意打扮自己，亦對埃德加沒有絲毫興趣，可是安朵娜特仍然很討厭這個女孩子。她很清楚埃德加並不喜歡自己，只是礙於她公主的身分而容忍著自己的接近而已。可是夏思思不同，雖然少女是大名鼎鼎的勇者大人，但埃德加不是因為她的身分，而是真的將對方視為同伴而自願留在她身邊。

忽然「砰」地一聲巨響打斷了公主的思緒，愕然抬頭，只見夏思思一拍桌面後站了起來，就連桌上的銀器也因少女激烈的動作而有不少被震落在地上。

完全不顧儀態的夏思思目不轉睛地凝望著伊修卡祭司，不過少年並沒有被她突如其來的舉動嚇倒，反而還俏皮地向失態的勇者大人眨了眨眼睛。

看伊修卡平凡的臉孔明明一臉純潔真摯，但卻透露出一絲微不可見的狡黠，還有那超脫了皮相、令人無法不注目的內在魅力，夏思思終於想起在哪兒見過這麼一個人了！

# ch.3
# 初到王城

夏思思很想叫出這個人真正的名字，可是由於她實在太激動了，結果唯一能做出的反應，便是伸出氣得發抖的手指指著對方，一時之間倒是說不出話來。

所有人的注意力全集中在夏思思身上，因此沒有人看到伊修卡在被少女指著的時候，那瞇起了雙眼、帶著警告，危險之中卻有著異常誘惑力的神情。

「怎麼了，思思？」凱文的問話完全沒有傳進少女的耳內，夏思思心裡滿滿的只想著要如何扯起伊修卡的衣領狠狠罵他一頓，並順便拉縐對方那件看起來很高級的白衣。

可是少女最終卻沒有把心裡的妄想付諸行動，只能僵在原地默不作聲。只因從夏思思與伊修卡四目相交並接收到對方警告眼神的那刻起，藏身於少女髮中的水靈便傳來陣陣騷動，一股來自少年祭司身上的強大力量，壓迫得水靈幾乎無法繼續隱身下去。

「嘖」了聲，毫無預兆地站起來指住伊修卡鼻子的夏思思，突然一言不發地坐回去，並且若無其事地撿起地上的銀器繼續用餐，令旁觀者看得莫名其妙。

更令人哭笑不得的是，剛剛被少女指著的伊修卡，竟也是一臉沒事人般繼續喝著杯中的飲料。看兩人顯然要當作沒發生過任何事的模樣，害眾人一時間也不知應不應開口詢問，氣氛頓時變得沉重起來。

夏思思沒有再看祭司一眼，果然只要不理會對方，水靈所受到的壓力便立即消失無蹤。假使自己身分敗露也要找人陪葬嗎……這個人果然如初次見面時給她的印象一樣，惡質得無以復加，是個陰險狡猾的人！

安朵娜特公主裝作一臉擔憂地詢問：「勇者大人妳沒事嗎？剛才抽搐得那麼厲害，該不會是有什麼隱疾吧？」

夏思思懶洋洋地喝著稍稍變涼的湯，就在大家都以為少女會一如既往地無視公主的譏諷時，她卻忽然笑得很甜很甜地說道：「公主殿下您知道嗎？剛才您說的話會讓人很想將湯潑在您的臉上，好糊掉您的濃妝。」

少女是懶得與安朵娜特這個說白了就是個被寵壞的公主殿下計較沒錯，但過多的忍讓只會讓人誤以爲自己軟弱可欺。有「勇者」這個身分在，夏思思不介意偶爾小小地反擊一下對方。

想不到對方會說出赤裸裸打臉的話，安朵娜特漂亮的臉蛋頓時氣得由白變紅、

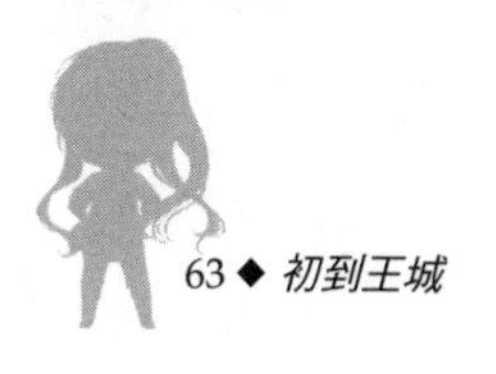



再由紅變回白。最讓公主殿下無法忍受的是，坐在席上的人，包括她的王兄在內，竟沒有一個人出面責怪夏思思的無禮！

安朵娜特卻不知道其實布萊恩早就想找個人來管束她了，只是在國內有資格責罵安朵娜特的人少之又少，即使有也因礙著身分而不會把話說得太直接。身為兄長，布萊恩對這個唯一的王妹又捨不得打罵。現在夏思思這個勇者平空出現，布萊恩自然樂見有人能夠壓過自己這個囂張王妹的氣焰，又怎會阻止呢？

至於教廷方面，對他們來說，被眞神親自挑選的勇者，在與教廷的關係上顯然比王族更爲親厚。何況這位公主殿下個性囂張，在教廷中人緣極差，也就自然沒有人願意站出來爲她說話了。

「思思，妳這樣不行喔。」就在眾騎士在心中對安朵娜特公主幸災樂禍之際，伊修卡祭司開口了：「湯都涼了，喝進去會對腸胃不好的。換過一碗熱的吧！」

嗚呀！意思是涼了的湯潑起來不夠爽，換過一碗熱的再潑嗎？這個更狠！

沒有理會安朵娜特公主因自己的話而很戲劇性地淚奔離開，伊修卡轉向國王布萊恩詢問道：「陛下，勇者初到我們的世界，在外出履行勇者的責任以前應先好好學習一番。我希望在思思小姐留在王城學習期間，能夠由我親自擔任她的導師。」

「啪！」眾人再次將視線轉至話題中的主角勇者大人，只見這次的聲響不是來自於少女雙手拍桌，而是由於夏思思聽到伊修卡的話以後，整個人呆掉，手中的湯匙掉在桌面所發出的聲音。

「勇者的導師雖然是很重要的職務，可是這怎能勞煩祭司大人親自擔任呢？」布萊恩不安地道。

伊修卡輕輕笑了笑：「自從北方賢者叛變後，便再也沒有能者能夠繼承賢者的職銜。雖然我的知識與魔力比不上北方賢者，可是我敢說現存於城堡裡的學者與魔法師，沒有一人比我更適合成爲勇者的導師。相比起那虛無的王族尊嚴，身負整個世界安危的勇者的教育，應放在最優先的位置對吧？」

夏思思察覺到當伊修卡說及「北方賢者」的名號時，室內的氣氛明顯地凝重了起來，就連同屬教廷的主教賽魯基也是一副欲言又止的模樣，似乎正打算勸阻年輕祭司的發言。

少年的一番話說得布萊恩無言以對，最後他也只能將這個重要的任務委託於

教廷。縱使國王的這個決定或許會引來不少閒言閒語，嚴重還甚至會影響王族的聲譽，但就如伊修卡所說，世界的安危才是最優先的。

身為話題的主角卻被人遺忘在一旁的夏思思，滿臉無奈地小聲嘀咕：「我可以拒絕嗎？」可惜並沒有人打算理睬她的意見。

□

年輕的伊修卡祭司不僅擁有優越的魔法天賦，其高潔的靈魂更能接收來自眞神的神諭。他的聲望甚至蓋過了年老的主教，在教廷中有著不亞於主教的話事權。

由身分如此高貴的人作導師，夏思思本不應有任何怨言才對。但偏偏少女對這個人抗拒得很，結果第一天課程有三分之二的時間都花在少女無聲的怨懟控訴上。

看到對方絕對不妥協的眼神，伊修卡知道不把話說清楚，這名看起來很好說話、可骨子裡卻是倔強得不得了的少女是不會乖乖上課的。於是少年嘆了口氣後，便揮手示意書房內一眾下人盡數離開。

當房間只剩下兩人單獨相處後，夏思思便立即毫無顧忌地爆發了。只見她衝前扯著少年的衣領，幾乎是咬牙切齒地低吼：「送我回去！卡斯帕！」

猛然被少女以眞神的名諱稱呼自己，伊修卡卻全然沒有表露出絲毫意外，反而略帶讚賞地微微一笑：「果然不愧爲我選中的勇者，即使我改變了容貌、壓抑著神力，妳還是那麼快便把我認出來了。其他人可是一直被蒙在鼓裡呀！」

面對著激動不已的夏思思，卡斯帕的反應卻很冷靜，依舊是一副令少女氣得牙癢癢、雲淡風輕的笑臉：「可是妳要求我送妳回去，這是爲什麼？妳眞的想回去嗎？回到那個令妳遺憾一生、深感無力的世界？」

夏思思搖晃著對方衣領的手因眞神的一番話而瞬間停頓下來，少女的眼神冷到極點：「你想說什麼？」

將衣領拉出夏思思的掌心，卡斯帕淡淡說道：「雖說當勇者有著一定的風險，可是這裡相比妳以前朝不保夕的生活更安全富裕不是嗎？那爲什麼還要執意回去呢？何況妳眞的沒有任何想要實現的願望嗎？例如讓那個令妳心甘情願由天才變爲庸才的人死而復生？」

「令他復活這種事我想也沒想過。」少女冷冷地道：「因爲我知道，他活著的時候根本從沒得到過幸福。」

卡斯帕彷彿像想要評估著少女這番話的眞心，仔細地打量著夏思思良久，隨即忽然說出與話題完全無關的感嘆：「思思，妳說話的時候，總是直視著對方呢！」

「咦？」

卡斯帕看著夏思思的雙眼，這位異世界唯一的神祇不知爲何帶著羨慕的語氣嘆息道：「第一次見面時我便發現了，妳總是用筆直的視線看著對方，無論是誰也不逃避、不退縮，眼神認眞而誠懇。」

對於卡斯帕忽然轉變話題而有點跟不上，夏思思訝異地反問：「這有什麼好驚訝的？能察覺到這一點，是因爲你的視線同樣地筆直看過來不是嗎？」

卡斯帕被少女反問得愣了愣，竟是完全不曉得該說什麼才好。過了很久，一陣大笑聲忽然在房間內爆發。

面對眞神突如其來的大爆笑，夏思思簡直傻了眼，這個異界神到底怎麼了？難道被那個白痴公主誤打誤撞說中了，眞的有人有什麼隱疾嗎？

「妳眞的很有趣呢！怎樣也不會讓人感到厭煩。」卡斯帕看來終於笑夠了，邊抹著笑得流出來的淚水邊喘著氣說道：「放心吧！雖說是我把妳帶來這個世界，可是我並不會苛求妳做什麼。課堂上也是一樣，只會教導一些妳有興趣的知識。只要思思妳不說出我的眞正身分，我亦不會揭發妳身藏水靈的事。如何？有興趣再在這個世界留一陣子嗎？」

夏思思想了想：「要是我說沒興趣，你會把我送回去嗎？」

「當然不會。」

「……」

仔細衡量過一番利害得失以後，無處可去的夏思思還是決定先享受一下宮殿中養尊處優的生活再說：「一言爲定！」

看夏思思伸出手，卡斯帕笑了笑，並伸手往少女的掌心一拍，兩人擊掌爲誓。

□

卡斯帕很守承諾，並沒有勉強夏思思學習，因此這段時間少女在城堡內的生活可謂優裕得不得了。只是短短的一個月，夏思思本來略顯瘦削蒼白的臉長了一點肉，成了紅潤的瓜子臉。

再加上在多方遊說下，少女總算願意脫下那件寬大的衣服，換上這個世界的服飾。縱然她對那繁重華麗的貴族禮服深惡痛絕，堅持只穿款式簡單的平民服裝，但看起來至少像個一般的平民少女，並不會令人一眼看去便覺得她衣著怪異了。

上課時段夏思思只選擇自己有興趣的內容，起先她把時間全都花費在了解這個世界的架構上。到後來逐漸對魔法方面表現出興趣，也是到此時，夏思思這才知道附身於頭髮上水靈的與眾不同。

「元素精靈？」夏思思嘴裡含著一大塊蛋糕，模糊不清地詢問。少女很嗜甜，而且更擁有令千萬少女所羨慕的怎樣吃也不會胖的體質，這讓夏思思肆無忌憚地每天大部分時間都往甜品裡鑽，即使課堂中也要吃上一、兩份蛋糕才肯罷休。還好身爲導師的卡斯帕對此並不囉唆，甚至還同流合污地乾脆在人家王室的書房中開起茶會來。

至少在「吃」這一點上，這對師生的意見與喜好還是很一致的。

卡斯帕優雅地啜了口紅茶，與身旁狼呑虎嚥的少女形成強烈的對比。「以水靈爲例，她們全都是由水而生的生靈，例如大海、湖泊及河流等。由不同水源所誕生的水靈也有著微妙的分別，就如同鳥類有著不同的品種。水靈大多沒有實體，像這種能力強得能夠凝聚出特定形態的元素精靈，其實是非常稀少的。」

「妳的水靈是從聖湖中誕生的，是最高等級的元素精靈。而且她的力量更是眾姊妹之最，說她是世上最純粹的水靈也不爲過，當然力量也是最頂尖的。不少魔法師用盡畢生精力都希望可以收服元素精靈納爲己用，要是讓他們知道妳不費吹灰之力便得到了，不知道會有多嫉妒呢！」

「元素精靈的能力比較強沒錯，但也不算所向無敵吧？」對於卡斯帕的讚歎，夏思思倒是沒有露出任何自滿的神情：「也要看遇上的是什麼對手，若是擅長土系魔法的魔法師不就很有威脅了嗎？」雖然關於魔法的對決，少女還沒有什麼概念，可是沒吃過豬也看過豬走路，聰慧的夏思思立即便聯想到五行相生相剋的屬性，面對以穩重著稱的土屬性，水系的攻擊大抵是佔不到什麼便宜。

卡斯帕讚賞地笑了笑，這名學生眞的很對他的胃口。一般人得知自己身具強大力量的時候總免不了會沾沾自喜，這種自傲往往就是導致失敗的主因。然而夏思思的著眼處卻不是這種無謂的優越感，她在看到力量所帶來的助益同時，亦會深刻思考當中的缺點。

正因爲這名少女不執著強求於力量、權力與財富，所以無論面對任何情況都能以平常心面對，或許這就是她能得到元素精靈親近喜愛的原因吧？

不過仔細一想，夏思思既然有本事引起祂這個神明的興趣，那少女能獲得水靈的喜愛也不是什麼令人驚訝的事情了吧？

「言歸正傳，妳決定要學習什麼樣的魔法了嗎？勇者大人。」

「嗯……那就這幾個吧！」縱然夏思思討厭學習，可是對於生存所必須的手段她可是不嫌多，畢竟任何時候都是保命最重要。「飄浮術、閃光魔法、瞬身，以及聲音魔法。」

全都是一些簡易不費神、以她的魔力連咒語也可以省略的小魔法呀，果然很像夏思思的性格呢！可是……

「妳不會想學習一些強大的魔法嗎？」總覺得夏思思擁有一身強大的魔力，只學這種小打小鬧的低階魔法實在滿浪費的。

一臉看白痴的表情，少女慵懶地說道：「我身邊不是跟著大名鼎鼎的元素水靈嗎？那麼我還學高階魔法做什麼？與其花費時間去學習本來已經能夠使用、對我來說可有可無的高階魔法來充門面，倒不如學習一些輔助的小魔法，還能夠更好地運用自己的優勢，不是嗎？」

吃了口糕點，夏思思續道：「我並不認爲小魔法便代表派不上用場，相反地，如果運用得宜絕對會如虎添翼，還可以免除學習魔法陣的麻煩。」一陣長篇大論後，少女補上了一句卡斯帕覺得最後那句話才是夏思思最想說的眞心話。

對於這兩人用上課時間來無恥地邊吃茶點邊閒聊一事，身爲一國之君的布萊恩其實也略有所聞。可這兩人的身分明擺在那兒，一個勇者一個祭司，兩人的言行都不是王族所能夠干涉的。

就在兩人享受著茶點之際，一陣敲門響聲傳來：「埃德加大人求見。」

「讓他進來吧！」兩人狐疑地對望一眼，這個埃德加相隔一段時間便會到訪王

宮來查看一下夏思思的學習進度。以這名冰山隊長的性格來看，這種關心實在已到達匪夷所思的程度了。

步入書房的埃德加其實也同樣爲這個問題困惑不已，他的確很在意夏思思，也很好奇這名來自異界的少女能夠到達怎樣的高度，會再給予他什麼驚喜。可若只是要知道夏思思近況的話方法多得是，他這名聖騎士長根本不需要親自來到宮殿與少女見面。

可是不親自跑一趟，心中卻總是像缺少了什麼似地有種不踏實的感覺。在宮殿如願看見夏思思時的情緒，難道不是喜悅嗎？

或許是由於冷淡的性格，又或是身爲聖騎士的律己性，雖然這種感情還只是朦朦朧朧的好感，似乎仍遠不及愛戀這種男女之情，可埃德加仍是有點手足無措。

他對她應該是欣賞、敬佩、追隨，而不應懷有這種情感。

「小埃眞是風雨無阻呀！該不會是特意以檢查勇者的學習爲名，實際上只是爲了見思思一面吧？」埃德加剛出現在房間內，卡斯帕便立即壞壞地取笑道。

怎麼可能？夏思思懶洋洋地伏在桌上想著。一看到埃德加這張死人臉她就沒勁

了，爲什麼每次教廷派過來的人都是他？就不能換換艾莉或凱文嗎？

良久都聽不到預期中的冰冷回應，夏思思疑惑地抬頭一看，竟看見那個撲克臉的冰山隊長臉紅了！

被說中心事，埃德加的臉無法控制地炙熱起來，道了聲「失禮了」後，青年匆匆放下一份文件便火速離開了現場，只留下夏思思與卡斯帕在書房裡面面相覷。

「卡斯帕，你似乎不喜歡小埃呢！」玩笑開得太大了嗎？沒有多想的夏思思這般問道。被問的那一方亦直言無諱地回答：「是不太喜歡。」

「咦？爲什麼？埃德加可是你的宗教狂熱支持者呀！」

卡斯帕撇了撇嘴，他只要一看見那個男人的臉便心頭起火。只因埃德加長得英氣而俊美，與自己花容月貌的眞實容貌形成強烈的對比。故而對方的長相總能引起卡斯帕深深的嫉妒，畢竟自己身爲男性卻長成這副沉魚落雁的德行，實在沒有什麼好自豪的。

看著卡斯帕因自己的詢問而變得愈來愈陰沉的臉，不想惹禍上身的少女理智地轉移話題：「說起來，小埃剛剛走的時候放下了什麼？」

這兩人叫得益發順口，「小埃」這個名字似乎就這樣被決定了……

果然把話題轉移至文件後，卡斯帕的臉色便緩和起來。少年看了看文件內容，隨即看著夏思思笑得一臉高深莫測：「思思，想不想出城堡透透氣？」

「可以嗎？」少女霍地抬起頭，雖然飯來張口的生活是很不錯啦！可是在城堡裡待了這麼久，她也開始感到無聊了。

「只是去確認高階魔族的封印是否穩固而已，妳一個人應該已足夠應付，就當是外出散散心吧！」帶著這種輕鬆的任務進城堡，埃德加大概是想藉此機會邀思思出宮殿，不過是以執行任務爲名、單獨相處爲實吧？想泡我的勇者？先闖過我這一關再說吧！

「嘿嘿」奸笑著的異界神明，完全不知道祂現在的表情完全是一副陰險奸狡、欺負女婿的岳母相。

□

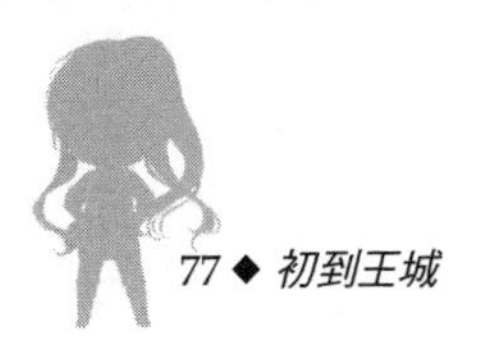



柔和的風溫柔地掃過滿地的鮮花，空氣中也傳來了陣陣的清香。色彩斑斕的鮮花上，眩目的純白一閃而過，那是匹散發著微不可見白光、速度快得只能看到殘影的白馬。

少女英氣地勒緊韁繩，白馬瞬間便人立了起來。夏思思盡情使出這段時間習得的精湛騎術，策騎著這血統優良的安德莉亞之駒。直至少女玩膩了，這才將白馬束綁於離城鎮不遠的隱蔽樹林內。

「牠眞是太顯眼了，早晚要找個機會換掉這匹馬。」無奈地選擇步行進城的夏思思邊走邊喃喃自語，實在不明白爲什麼明明擁有坐騎，自己卻要用雙腿行走那麼辛苦。

「差點忘了。」說罷少女脫下臉上那副厚重的眼鏡，隨即一張皮膚白皙細膩、精緻漂亮的臉便顯現了出來。清爽明淨的氣質加上機伶的雙眸，那是張不艷麗卻很討喜、令人感到賞心悅目的面孔。

小心翼翼地將眼鏡放進口袋，夏思思瞇起那雙根本沒有近視的眼睛笑了笑，這眼鏡可是她的寶貝呢！進城時她以戴著眼鏡的形象示眾，就是爲了這種時候把眼鏡脫下以後便沒有人能認出她就是新一代的勇者大人！

其實夏思思也不是沒想過趁著這個離開城堡的機會一走了之，之所以最終決定乖乖執行任務，並不是少女良心發現想要拯救世界，也不是她忽然喜歡上勇者這個新身分。

對夏思思來說，勇者說穿了就是受到無限壓榨的勞動力，外加沒有工時上限的高危險職業——而且是強制性的，不好玩也不能辭職。

然而從她被卡斯帕挑中的那刻起，便與這個異世界綁在同一條船上了。有鑑於世界被毀滅自己也會跟著死翹翹的關係，夏思思再不情願也只能把這個勇者好好當下去，並且努力地拯救世界。畢竟懶惰誠可貴，生命價更高不是嗎？

根據埃德加的情報，這個位於王城附近的小鎮，最近盛傳被封印在鎮外東方山脈的高階魔族有不尋常的舉動。

事件發生在一星期前，六名男子的屍骸於封印所在的山脈發現，眾人都傳言是魔族打破封印後所爲。然而當年的封印是多名教廷的資深神官合力所設，照理應是非常堅固，不可能單單過了百多年的時光便被打破。此次任務便是調查傳言的可信

度，應該會很輕鬆吧？

正好肚子有點餓，夏思思決定在前往山脈查探前，先到謠言起源的城鎮看看。這座位於王城東面的城鎮雖然規模不大，可是人口眾多、建築也規劃得井井有條，從中可以看出這城鎮的領主很是稱職。

既然想要隱藏身分，夏思思自然就不可能光明正大地調查了。少女心想著先到旅館租個房間，然後吃飽午飯再做打算吧！說不定還能打聽到有關封印的流言。

懷著這種與其說是輕率，倒不如說是沒有絲毫行動力的想法，夏思思隨便地選了一間離城門最近的旅館便住了進去。

放下為數不多的行李後，少女來到位於旅館下層的餐廳吃午飯，這個世界的旅館大多把下層設置為餐廳，旅客為求方便大多會順道光顧，對旅館來說是房租以外不錯的收入。由於餐廳的食客都是來自各地的陌生旅人，也許一個眼神所帶來的不滿，便會在吃飯時變得白熱化，演變成各式各樣的紛爭。

就像今天便有一名大漢藉酒鬧事，這個男人的房間隔壁住著一個三人家庭，昨晚因對方的孩子吵鬧而無法安睡。這名漢子喝醉後便藉著酒意要求這家人更換房間，卻在店員告知旅館已客滿後開始大吵大鬧。

男人身材壯碩，吵鬧外還不停地摔東西，餐廳內的食客大多驚惶地退到一旁。夏思思倒是對此不太在意，反正相比她以前那個世界每次紛爭必見血的黑幫衝突，這種小小的鬧事根本就是小巫見大巫。

夏思思本打算退到一旁不加理會，不是害怕而是覺得麻煩，可是想了想，少女卻改變主意決定插手，這場鬧劇或許可以加以利用也說不定。

「眞吵呀！飯也變得不好吃了。」在一片混亂中，少女清脆的嗓音清晰地傳進眾人耳裡。此時他們才發現在所有人都退到一旁之後，只有一名年輕的少女無視騷動，依舊安坐於座位上。

大漢本已在酒精的影響下失去理智，夏思思的舉動無疑是火上加油。只見男人把雙手手指的關節按得「啪啪」作響，走到少女面前威嚇道：「臭丫頭，活得不耐煩了嗎？」

沒儀態地咬著叉子，夏思思皺起眉道：「吵死了。」不禁想起聖騎士小隊長中那一位體型健壯的成員，同樣也有著一副大嗓子，難道壯碩的男人說話都像打雷一般嗎？

受到少女的挑釁，男子怒吼一聲，巨大的拳頭毫不留情地揮向夏思思。在眾人的驚呼聲中，只見少女氣定神閒地舉起手中的叉子迎向男人威力十足的拳頭，然後所有人只覺眼前一花，不知怎地，男人忽然翻了一個觔斗摔在地上暈倒了。

再看向少女，卻見她一臉若無其事，高聲喚著看呆了的服務生替她換過新的叉子。

夏思思滿意地看到在場眾人的眼中浮現出驚歎與崇拜，其實剛剛少女只是在叉子觸及男子拳頭的瞬間，使用飄浮魔法令對方升起，然後加上一點加速的小魔法讓他狠狠地摔跌在地而已。只是她使用的速度快、技巧高，而且還省略了咒文，因此在不明就裡的旁觀者眼中就變得很神奇了。

誰說飄浮魔法只能用於升起物件呢？只要稍加技巧，憑她一身強大的魔力也可以將其變成不錯的攻擊方法，對付小嘍囉可謂綽綽有餘。

沒有理會昏倒在地的大漢，夏思思向上前道謝的店員們微微一笑：「不用客氣，我只是看不慣他在這兒惹是生非而已。」

客人們也好奇地圍了上去，七嘴八舌地詢問少女是用了什麼魔法，而夏思思則是笑得一臉莫測高深道：「我是一名四處旅行歷練的魔法師，請原諒由於家師的吩咐，我不方便將魔法的內容公開。」說罷，更露出騙死人不償命的燦爛笑容，看起來就像個不懂世事的純真少女。

沒有人會懷疑這名笑得如此純潔的女孩子在說謊，更不會有人猜得到眼前這看起來人畜無害的少女正是不久前出現在王城的勇者大人。魔法師並不常見，很快地，夏思思的事情便一傳十、十傳百地變得街知巷聞了。在少女應付著店裡眾人時，愈來愈多好奇的鎮民走進飯店想一睹魔法師的風采。

「既然小姐您是名偉大的魔法師，請問您了解魔族的事情嗎？」一名婦人裝作一臉隨意地詢問，可是她的眼神卻充滿了期盼與擔憂。

「當然，這是我們魔法師的必修課。」上鉤了！夏思思在心裡歡呼了聲，表面上卻不動聲色地仍舊保持著友善的笑容，很有耐心地一一回答眾人的問題：「說起來我在旅途中也曾驅除過害人的魔族，對於魔族來說，能夠對他們造成傷害的除了教廷以外，就要數我們這些身具魔力的魔法師了。」滔滔不絕的謊言從夏思思的嘴

裡說出，對少女來說，要騙這些單純的鎮民實在是輕而易舉的事情。

「魔法師大人！」聽過夏思思的自吹自擂後，一名老人忽然跪在地上：「求魔法師大人消滅山崖上的魔族，爲我那可憐的孫子報仇吧！」

看到老人的舉動，幾對夫婦隨即跪了下來，要求夏思思爲他們死去的兒女報仇，有幾名女子更忍不住失聲痛哭。

這次變成夏思思被嚇得愣住了，一時間無法對眼前的狀況做出反應。如果她沒有記錯，報告中被魔族殺死的應是六名聚居在山上行劫的山賊，被害人之中並沒有小孩子。

到底發生了什麼事情？似乎釣上來的魚兒比想像中大呀……

「可否把事情詳細告訴我呢？」夏思思告誡自己要冷靜，必須裝作第一次接觸魔族情報的樣子以免別人起疑。反正已蹚進這渾水，想要抽身也已經來不及了，那就看看他們會提供什麼意料之外的訊息吧！

# ch.4 夜之魔物

據居民的描述，這座小鎮一直流傳著鄰近的山崖封印了吃人邪惡魔族的傳說，因此居住在城鎮裡的居民從不會接近這座充滿不祥的山崖。不過，半年前來了一群強盜於這座山上佔山爲王，從此以後小鎮經常受到強盜的襲擊，可城鎮的自衛隊卻因爲懼怕魔族的傳說而不敢上山討伐，只能任由強盜猖獗下去。

怎料一個月前，強盜的攻擊忽然間銷聲匿跡。就在大家疑惑之際，一名男子無意間發現了烏鴉由山上帶下來的一截斷指，於是強盜被封印著的魔族吃掉的謠言便開始傳出。

既然事件涉及魔族，居民便決定向附近的教廷支部求助。結果搜索之下，在山上發現了六名男子支離破碎的屍骸，而剩下的盜賊更是全數失去了蹤影。

教廷支部的神官職位低微，無權進入封印之地。於是他們傳信至總部尋求支援，隨之而來便有了埃德加帶著報告來到城堡的一幕。

這件事對民眾的生活來說其實並無任何不良影響，雖然事件頗爲恐怖，可是強盜被消滅對小鎮的居民來說也不失爲一件好事。然而到了前天，幾名年幼的孩子卻失蹤了，根據其中一名孩子的鄰居所說，她當天曾遠遠看到這孩子向著山崖的方向走去。大家思前想後，還是決定派出幾名勇敢的壯丁到山上搜索，可是除了在山腳找到一名失蹤女孩的髮夾外，便再也找不到任何線索了。

「是在前天發生的呀……」夏思思漫不經心地想，怪不得教廷的報告上沒有提及。本以爲是個輕鬆的任務，似乎自己這次抽到下下籤了。「可是孩子們爲什麼會接近山崖呢？」

「我們也不清楚。」一名婦人傷心地哭泣著：「我已經多次告誡女兒別接近那個不祥之地了。」

「會不會是因爲女兒先前提及過的事情呢？」婦人的丈夫忽然想起了什麼似地道：「卡妮早前出門找朋友玩耍時不是經常帶著麵包嗎？我曾經詢問過她，她說看到一隻小狗沒東西吃很可憐，所以與朋友們約定每天玩耍時順道帶一點食物過去。當時我並沒有太在意，可是現在想起來她說這番話的時候眼神閃爍，該不會她所說的小狗是在山崖附近發現的吧？」

「也就是說孩子們爲了餵食小狗，每天跑到山崖裡了？」雖然資料上說受到封印的魔族無法離開洞穴，可是若封印眞的被解除了，只怕這些孩子已凶多吉少。

抬了抬手示意眾人安靜，夏思思認命般地嘆了口氣：「我明白了，我會親自到山上查證的。」反正不論孩子們是否還活著，她都要上山一探究竟，那倒不如做個順水人情吧！

□

手持教廷所提供的地圖，夏思思順利來到了封印所在位置，在岩壁間果然發現了一個隱蔽的洞穴。洞穴四周都被藤蔓遮蓋，也難怪曾經上山查探的居民沒有發現到。

光是站在洞穴的外圍，身懷強大魔力的夏思思便敏感地察覺到由洞穴內部所散發出來的強大力量，也不知道是來自魔族，還是來自於封印的結界。

「封印似乎仍是完好無缺呢！」謹慎地再三查看，證實封印依舊穩固以後，徘徊在洞口的少女便開始猶豫不決起來。雖然她的任務已經完滿結束，現在只需回王城覆命便可以了。可是夏思思卻對傳說中的魔族很好奇，何況先前還答應了那些父母的請求，又怎能一走了之呢？

再三考量後，夏思思還是決定進洞穴一探究竟，即使她並沒有消滅魔族替孩子們報仇的打算，但還是進去看看吧！若真的在洞穴內發現孩子們的屍首，也好讓那些父母死心。

忽然，躲藏於頭髮內的水靈發出了警示，感到一股力量從後方而來，夏思思沒有花時間回頭查看，而是瞬間釋放出一個由水元素所凝聚而成的巨大水壁。

雖然水壁只有薄薄一層，但以少女一身優越的魔力再加上元素水靈的牽引，已註定這個外表不堪一擊的水壁不同凡響。

在小命獲得保證後，夏思思這才回首查看，竟見身後是漫天的黑霧。透過透明的水壁細看，少女才發現那片巨大的黑霧竟是由無數青黑色的迷你蜘蛛聚集而成。

看著這些張牙舞爪的迷你妖魔，本就不是熱血個性的夏思思完全沒有衝出去與對方一拚的念頭。

以一副毫無緊張感的神態側頭想了想後，水壁內的少女伸出了右手。隨著她的動念，夏思思掌心上方開始凝聚出一顆充滿魔力、對妖魔來說美味無比的水球。待

水球增長至拳頭大小後，夏思思便將其拋出水壁外，果然，這些蜘蛛的反應與先前遇上的狼形妖獸一樣，一感應到魔力便立即飛蛾撲火般聚集過去。

夏思思耐心等待著，直至所有蜘蛛全數貼上水球後，便倏地改變水球的密度令蜘蛛群沉入其中，隨即少女瞬間往水球注入強大魔力，順利地看著體積細小的蜘蛛全數被突如其來的強烈水壓擠壓得爆體而亡。

沒想到還未進入洞穴便已受到如此盛大的歡迎，雖不知道這些蜘蛛是否受到封印的魔族指使，但已足夠令夏思思的警戒心大幅提升。

□

小心翼翼地走進洞穴，其實少女本來並沒有抱持太大的期待，卻想不到竟眞的讓她在洞穴中找到了失蹤的孩子們，而且還是活生生的！

無論是勇者大人還是洞穴中的孩子，雙方都爲對方的存在驚訝不已，對視良久也沒有人做出任何動作。最後還是夏思思首先回過神來，單刀直入地詢問：「誰是卡妮？」

孩子中走出了一名年約七歲的小女孩，用一雙水汪汪的大眼睛疑惑地望向這個喊出她名字的陌生人：「大姊姊是誰？」

翻了翻白眼，夏思思沒好氣地說道：「你們還在這兒玩？不知道父母很擔心你們嗎？」

聽到是父母要求來找人的，孩子們立即七嘴八舌地嚷著：「是大哥哥說外面很危險，叫我們留在這兒的。」

「對！是大哥哥說的。」

「有吃人的妖怪在外面，所以我們要留在這裡，直到大人前來帶我們回去。」

吃人的妖怪……應該是指洞穴外那群迷你蜘蛛吧？看著孩子們你一言我一語的，夏思思環視了洞穴一周，疑惑地皺了皺眉：「你們口中的大哥哥是誰？這兒就只有我們幾個人而已。」

年紀最大的卡妮熱情地拉起了夏思思的手：「來，我們帶妳到大哥哥那兒。」

孩子們領著夏思思走到洞穴內一塊巨大岩石前，繞過岩石後探頭一看，岩石後

的岩壁上竟有著一條僅能容納一名成人側身走進去的狹縫。走出這條不算長的祕密通道以後，映入眼簾的是一整片閃爍燦爛、晶瑩剔透的結晶。即使洞內只有幾縷微弱的陽光，但在晶石的折射下，卻如同白晝般光亮。

然後夏思思便看到了，被困於結晶中的俊美男子。

青年肩膀以下的部分全都陷進透明亮白的晶石中，傾瀉於結晶上的長髮就像是世上唯一的黑色，英俊的五官秀氣卻不失男性魅力。感覺到少女的到來，青年緩緩睜開的一雙眸子是與髮色同樣的闇黑，夏思思沒心理準備下與他的視線對上了，心臟頓時很不爭氣地跳漏了一拍。

俊秀的臉上漸漸浮現起一個美麗的笑容，青年輕聲詢問：「妳是誰？」

這就是魔族嗎？雖然曾聽卡斯帕說過高階魔族大多是人類的外型，可是她從不知道魔族會長得如此英俊。本以為魔族全都長得一臉陰森邪惡，眼前這人英俊的長相對夏思思來說實在太震撼了。

「我叫夏思思，來找這些孩子的。」並沒有說出自己的身分，縱然從孩子們的話猜測到眼前的魔族似乎正在保護這些孩子免受蜘蛛型妖魔的襲擊，可是誰知道這會不會是一個陰謀呢？不少妖魔皆以人類作食糧，難保對方不是以孩子的失蹤來引誘居民進入洞穴。

想到這裡，夏思思不禁後退幾步，拉遠與青年之間的距離。

看到這一幕，青年忽然笑得很燦爛地道：「放心好了，我對妳的肉沒興趣。」

「……」你也說得太直白了吧？會有人這樣說的嗎？對著當事人這樣說!?

驚訝過後是深深的無力感，夏思思只覺眼前這個笑得一臉溫柔純眞的魔族實在令人猜不透。

說起來，那還是自己單方面猜測對方是魔族呢！於是少女決定確認一下：「那麼你就是封印在這兒的魔族嗎？」

青年笑了笑：「啊！妳果然知道我是誰呢！這就好說話了。」

「嗯……」她其實是希望聽到否定的答案，畢竟與魔族共處一室並不是什麼好事情。何況現在還是這種她完全感受不到對方有惡意的詭異狀況。「這些孩子爲什麼會在你這兒？」

「他們是拿食物來給我吃。」青年乖巧地有問必答：「雖然被封印期間我並不

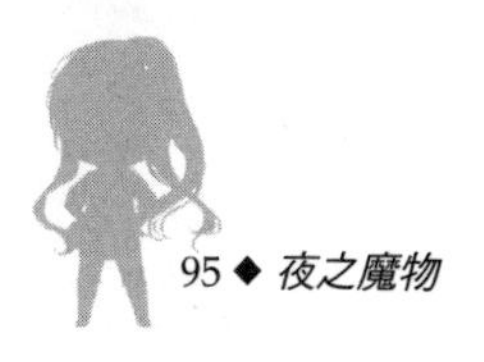



需要補充力量，可是他們似乎覺得我會很餓，所以很堅持。」

其實先前已經有預感了……大哥！你果然就是那隻卡妮口中的小狗呀……甩了甩頭驅散這個古怪的念頭，夏思思發現與對方說話眞的很累人。反正已經找到孩子了，也確定封印沒有問題，還是盡早回去吧。

就在夏思思想要離去之際，地面忽然傳來一陣強烈的震動。一改先前溫和的神情，男子表情嚴肅地警告：「來了！」

遮天蔽地的黑影自洞口以很快的速度侵入，卻在擁入晶洞的瞬間受到教廷封印的力量所阻擋，未能再繼續往前進。

此時夏思思才有餘裕定下心情凝神細看，這片巨大的黑影竟是先前所遇上的迷你蜘蛛，只是這次的數量實在比起剛才遇上的多太多了。

孩子們何曾見過如此恐怖的場面？早就嚇得連哭也哭不出來，有幾個膽子小的更是昏倒過去。

「這是無法離開自己的繁殖地，以人類惡念爲食糧的低級妖魔，看牠們那嗜血的樣子似乎最近才吃過新鮮的人肉。由於無法忘懷人肉的美味，竟不惜與教廷結界的力量抗衡也要衝進來。」

絲毫沒有緊張感地解說過後，青年轉向夏思思：「抱歉，我本以爲牠們不敢接近這個結界的。這種低等魔族會無限再生，必須一次將其完全粉碎才能消滅牠們。這種數量妳能夠應付嗎？」

抬頭，夏思思筆直地望向對方那雙漆黑的眼眸：「爲什麼要告訴我這些妖魔的資料呢？讓牠衝破結界的話，你不就能獲得自由了嗎？」

青年面露訝異，似乎沒想到少女會這樣詢問他：「可是這樣一來孩子們不就會有危險嗎？」

夏思思若有所思地看了對方一眼，只見青年的雙眸是那麼清澈，彷彿黑夜下的泉水，令人一眼便可以看清。

這名魔族，或許……

沒有再浪費時間，夏思思釋放出魔力，形成一座大型水幕，但這一次少女凝聚出水幕卻不是爲了防護。只見夏思思控制著水幕向外延伸，直至將黑影完全包圍後便慢慢地縮小水幕範圍。無路可逃的蜘蛛群只能眼睜睜地看著水幕慢慢縮窄，然後

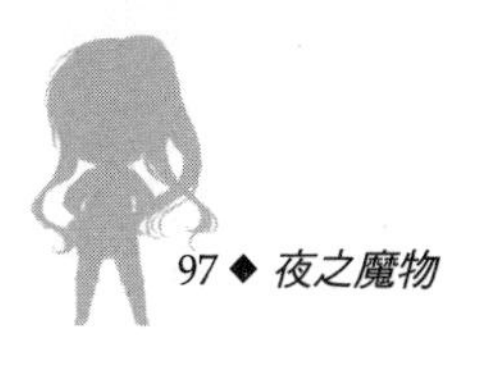



全數被強大的水壓壓至粉碎。

雖然夏思思也可以像先前一樣使用水球把蜘蛛吸引過來，可是面對數量龐大的敵人時，使用薄薄的一層水幕會比變幻出足以吸引所有蜘蛛的水球省力得多。

夏思思可是能省一分力，就絕不會多出一點兒力氣的。

看到少女很有技巧地輕易將蜘蛛群全數消滅，青年毫不吝惜自己的讚許：「妳眞聰明！」

再度把注意力放回男子身上，夏思思仔細地想了很久很久。

傳說中他們殘忍、冷酷，一切只以自身的利益爲主。魔族，眞的只有殘忍與殺戮的本能嗎？

忽然跳到封印魔族的晶石上，夏思思扠起腰，很有氣勢地對青年說：「你是想保護這些孩子對吧？即使自己失去獲得自由的機會，還是想要救他們，對吧？」

看到對方呆呆地點了點頭，少女笑得意氣風發：「那麼你就還有『心』。或許你的感情並不完全，可是魔族並不是沒有感情的！」

在青年驚訝的注視下，夏思思從腰間拿出了一個水囊往前一潑。本來怎樣也無法破壞的晶石，竟在觸及被潑出來的水時瞬間消散。

看著像冰塊般迅速融解消散的晶石，夏思思嘆了口氣，心想回去以後必定會被卡斯帕罵死了吧？

舒展了一下略帶僵硬的四肢，青年對於突如其來的自由似乎反應不來，只能愣愣地看著眼前的少女。

夏思思仰起頭望向對方，起先青年被困在晶石時還不覺得。原來他是長得那麼高呀……臉也很俊美，這種人無論到哪兒應該都會很吃香吧？

「讓我想想。你先想辦法修短一下你那頭不知道留了多少年的長髮，這種長度實在太不自然了。然後替我抱這些孩子進城。」少女很不客氣地一手指向仍未能從驚嚇中恢復、依舊呆坐在地上哭泣著的孩子，頗有女王的意味。

能使用的勞動力就要盡情使用！

滿意地看到青年什麼也沒有多說，很服從地用魔力幻化的利刃削短了那頭長至垂地的長髮。想不到魔族還滿有當理髮師的天分，頭髮削短以後整個人更是清爽漂亮多了。沒有了長髮的阻礙，更能凸顯出青年俊秀的臉龐。

往夏思思投向一個詢問的眼神，看到少女沒有再對他的外表說什麼以後，青年便上前抱起三個最年幼、驚嚇過後完全走不動的孩子。夏思思則牽起剩下兩個年紀較大的，離開洞穴往城鎮走去。

□

將孩子平安帶回城鎮的兩人，理所當然地受到居民的熱烈歡迎，在聽及孩子敘述少女如何擊退可怕的妖魔以後，居民對這位年輕的魔法師除了感激以外，更多了對強者的敬畏。

對於單身一人的夏思思帶回一名陌生男子一事，沒有人對此提出過任何疑問。看青年俊美異常，一些好事的居民甚至私底下猜想，他是否是魔法師用魔法召喚而來的人形使魔。

夏思思看了看身旁的魔族，此刻青年已換下一身破爛的衣物，穿上少女們熱情贈送的新衣服。人類的食物也吃得津津有味，或許這人比她所預期的更能適應普通人的生活。

「這位是我在前往山裡時所救出的墜崖旅人，當時他受了重傷，同時也失去記憶了。由於我接下來還要遠行，帶著一名失去記憶的傷患並不適合，請問可以把他託付給你們嗎？」

封印的破壞應該會讓卡斯帕抓狂好一陣子，夏思思可不會傻得把魔族帶回王城來刺激對方。

聽到青年要留下來，一直暗暗留意他一舉一動的少女們立即喜形於色。有一名如此出色的美男子住在城鎮內，光是天天看著養眼也不錯耶。

對於老一輩的居民來說，魔法師對他們有恩，這種小小的要求又怎會拒絕呢？何況這名青年雖然失去了記憶，但看他長得健壯高挑，要替他找一份能養活自己的工作相信並不是很困難的事。

很快得到了居民的承諾，輕而易舉地解決了一個大麻煩後，夏思思便以疲倦爲由退席。怎料少女才剛踏進房間，便看到那名魔族大剌剌地坐在床上，一副百般無聊地等待著她回來的樣子。

「有事嗎？」

「爲什麼要把我留在這裡？」青年那雙在黑暗中閃耀著光亮的夜色眼眸凝望著少女，沒有不滿與憤怒，有的只是單純的疑問：「我不可以跟著妳嗎？」

「不可以！」開什麼玩笑？魔族大哥，那可是王城耶！你的最大敵人教廷的大本營!!

嘆了口氣，夏思思坐在床邊，托頭看著身旁的青年說道：「有時候我眞的覺得你像個不懂世事的孩子。」

睜大了一雙漆黑的眼眸，魔族難得表現出不滿的情緒：「雖然在很久很久以前我便被人類封印起來，然而我也不是一直在沉睡，偶爾也會把精神體附在路過的小妖魔身上，從而吸取世界的資訊，因此你們懂的東西我也懂！」

是喔！但那些只是單純的「常識」好不好！難怪她總覺得這個人像個不諳世事的孩子。即使他懂得人類的用餐禮儀，也知道什麼是酒吧、什麼是旅館，但畢竟有的只是「常識」，卻沒有實際經歷過、感受這些東西。

尤其是青年與居民的互動給人不自然的感覺，畢竟因「需要」而做出的反應，與眞正的感情表達可是兩碼子的事情。

嘆了口氣，夏思思決定不再執著這個問題，畢竟現在他都被放出來了，與人多相處一段日子以後便會有所改善了吧？

「那麼名字呢？你有名字嗎？」

「有呀！」男子笑著道：「我叫『魔族』。」

那根本就不是名字好不好！

「我說魔族大哥呀！『魔族』並不是名字。」看到男子的表情一臉茫然，少女再次嘆了口氣：「就好像我是人類，可是『人類』並不是我的名字。我的名字是『夏思思』，你懂嗎？爲了往後的生活著想，你還是先取一個名字吧。還有不可以讓別人知道你是魔族！」少女像老媽子般訓誡著眼前這個年紀比她大得多的青年。

怎料對方卻把這個問題很乾脆地丟回給她：「名字嗎？這個我不太懂，思思替我取就好了。」

從沒有替別人命名的經驗，夏思思苦著臉，看向一臉事不關己的魔族，不免自暴自棄地想，乾脆就叫他「小黑」算了吧……

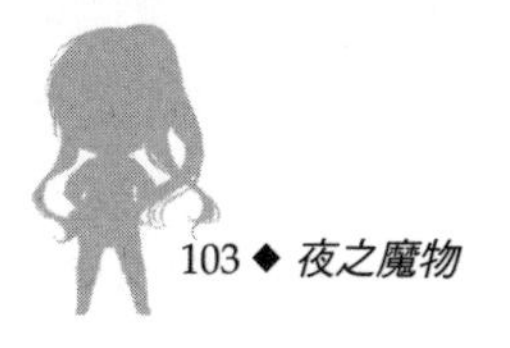



「你的瞳孔與髮色都是夜的顏色，就叫奈伊（night）好了。」最終夏思思還是就地取材，很草率地決定了。

「這是妳特地替我取的名字，我會珍惜的，謝謝妳。」奈伊蹲下身，變成與坐在床上的少女同樣的高度。明明是在笑，可是那雙美麗的雙眼卻感受不到喜悅。

他知道的，「道謝」是人類應有的禮貌，因此他就照著腦海裡的常識做了。

可是其實他對此卻沒有任何特別的感覺。即使沒有「名字」這種東西，青年也不覺得會對生存造成什麼影響。

看到奈伊虛假的道謝，不知道爲何，夏思思立即有種怒火中燒的感覺：「我討厭你這種笑容！」

張牙舞爪地將對方轟出臥室，少女狠狠地說道：「我要睡了，別再吵我！還有我不會帶你走的，你給我乖乖留在這兒！」

□

第二天清晨，夏思思很難得地天沒亮便起床了。沒有驚動任何人，於床邊的小櫃上放下住宿費後，便偷偷摸摸地使用瞬身魔法離開。

雖然是她給予對方自由，就這麼將他丟下好像有點不負責任，可是夏思思認爲這樣子對雙方都好。將魔族帶往王城這種想法太瘋狂了！釋放他已經是一個失控的決定，她並不希望再度召來命運的狂風。

也許生活在人群之中，那個人終有一天會懂得如何眞心而笑吧？那必定是一個非常美麗的笑容。

輕巧一躍，夏思思以漂亮的姿態翻身上馬。在安德莉亞之駒的神速腳程下，很快地，小鎮就被遠遠拋在後頭。

□

當卡斯帕與埃德加得知封印被夏思思破壞後，兩人果然如少女所猜測般氣憤得不得了。

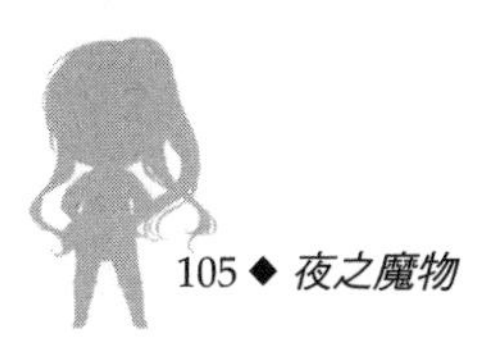



「妳怎會做出如此荒唐的事情？」埃德加雖然仍是一張死人臉，可是比平常更冷上十倍的語氣充分表達出他的不滿：「難道妳沒想過這次的一時衝動，或許會導致未來多少人民因妳的心軟而失去性命嗎？」

相比於埃德加那冷冰冰的責怪，不停忙碌地在寬大房間內來來回回繞圈子走的卡斯帕說出來的話就不客氣得多了：「妳是白痴嗎？妳知不知道我現在是妳的導師，妳做任何事我都要揹上一份責任的！妳要闖禍拜託也待我功成身退以後才來禍國殃民嘛！」

夏思思拚命地忍著笑，雖然是責怪她同一件事情，但怎麼這兩人看待事件的出發點會相距那麼遠呀……

還眞是強烈的對比。

面對兩人的指責，夏思思不打算忍氣吞聲，只因她也有著自己的另一番見解：「可是我覺得魔族並不如你們想像中那麼壞，我只相信我親眼所見的事實。只因爲對方是魔族便要封印他，這難道不是一種專橫嗎？」

埃德加努力令自己平靜下來，他必須將這個世界的規則教會眼前的異界少女：

「思思，魔族是闇之神利用黑暗而形成的一種形體，他們沒有靈魂，只依從於本能活動，因此根本就不能稱爲『生物』。」

「那是因爲你們必須這樣認知，不是嗎？」夏思思不屑地說道：「只因若魔族眞的有感情與靈魂，那就代表一直以來你們也在殘殺著名爲魔族的『生物』，不是嗎？」

身處高位的兩人從沒接觸過如此尖銳直接的指控，兩人聞言後陰沉著臉，沉默不語，空氣中頗有一觸即發的壓迫感。

就在此時，一名看守城門的衛兵滿臉疑惑地前來指名要找夏思思。「抱歉，勇者大人，可以打擾您一會兒嗎？有一名自稱是妳朋友的男子來城堡找妳。雖然剛來到這個世界的勇者大人理應不會有朋友找上門才對，可是那名男子卻很堅持，因此我只好過來詢問一下您了。」

「朋友？」不祥的預感從心底湧上，夏思思慌亂地詢問：「是一名身材高挑、長得很俊美的黑髮男子嗎？」

衛兵訝異地點點頭，心想想不到那個人竟眞的是勇者大人的朋友，還好自己並

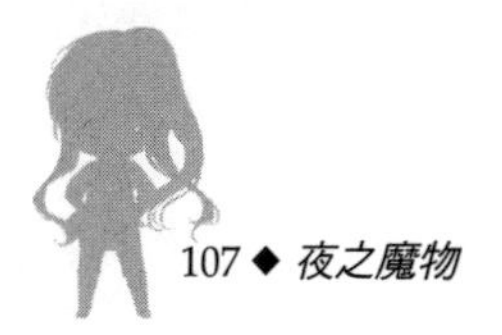



沒有做出失禮的舉動。

仍在慶幸不已的守衛忽然被夏思思衝前扯起衣袖，然後便不明就裡地被拉著往外跑。

「你帶路！伊修卡你們留在這兒等我！」分別向兩人簡短地交代了一聲，夏思思無奈地小聲嘀咕，本來已快被那兩人罵死了，那個偷偷跟過來的傢伙難道是故意來給她添亂的嗎？

# ch.5 魔族護衛

結果在城門前耐心等待著的人，果眞是夏思思猜想的魔族青年。

「奈伊！你是怎麼過來的？」她可從沒有提及自己離開城鎮後會到哪兒去啊！

似乎因爲看到夏思思而心情很好，奈伊笑得很燦爛地回答：「因爲我們心靈相通啊！」

「……」夏思思頓時囧了。

努力無視著守衛那「眞的沒問題嗎？勇者大人妳確定這個男人眞的是妳的朋友，而不是什麼奇怪的追求者？」的視線，夏思思揉了揉發疼的太陽穴，力保冷靜地再接再厲：「我不是把你安排留在城鎮了嗎？」

奈伊想了想，隨即乖巧地回答：「因爲我比較喜歡跟著思思妳，妳給予我自由，而且還會命令我。我很喜歡被妳命令時的感覺，所以想跟著妳。」

「……」聽著一番感覺益發怪異的發言，夏思思已經再也說不出話來了。眼角看到一旁的守衛們以及跟著跑出來的埃德加與卡斯帕，人人同樣處於驚嚇後的僵直狀態，少女只覺無言問蒼天。

顧不得眼前是勇者、神明、聖騎士以及魔族共處的詭異狀況，夏思思此刻只想弄清這段可怕對話的真正意思。

「奈伊……先生？」腦海已進入混亂狀態的少女，於對方名字後面加上了意義不明的敬稱。

「叫我奈伊就可以了。」

「好的，奈伊。」夏思思決定從善如流，現在並不是計較於這種小事的時候：「你是想跟著我嗎？」

青年點了點頭。

「因爲很喜歡我命令你？」

「對，因爲從來沒有人會命令我，還有罵我。」喔，很好，還有補充。

「而且……那時候妳生氣了。」很難得，男子溫文的笑容消失，取而代之的是很認眞的表情：「妳說妳討厭我的笑容，我覺得很難過。」

聽到奈伊這麼說，夏思思頓時產生出一種欺負了小孩子般的罪惡感。

「思思，妳不要生氣好嗎？」奈伊拚命懇求道：「眞的很抱歉，妳特地爲我取了名字，可是我卻不太懂得該怎樣表達感謝。」

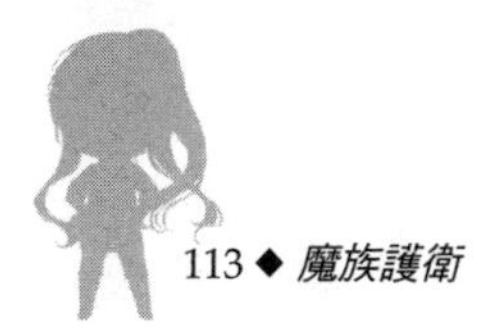


「其實我也不完全是在生你的氣。」夏思思嘆了口氣作爲回答。當時她的確是很生氣沒錯，可是並不是在氣對方，只是因爲看到他當時的反應後，覺得有點心疼而遷怒罷了。

奈伊一直都只有自己一個人，結果就連名字的意義也不明白，這樣的一個人眞的好可憐！

因爲不知道該如何處理卡在胸口的情緒，結果就亂生氣了，眞丟臉。

「思思。」忽然一陣陰惻惻的聲音從身後傳來，少女不用回頭，也可以想像此刻卡斯帕陰險的表情。「站在這兒吹風不太好吧？怎麼不請妳的朋友進城堡坐坐呢？」

糟糕！她竟然將身後的兩人遺忘了！

可以預想這絕對會是史上最糟糕的四人會談呀……

□

再次回到書房，四人分別佔據了桌子的四個邊。夏思思怎樣看也覺得只欠一盞照射燈，那就很完美地活脫脫是間審問室了。

「這位先生，你就是思思利用聖水所釋放的魔族對吧？」告誡著自己要冷靜，卡斯帕決定先確定一下這個忽然冒出來的「勇者友人」的身分。

「是的，我叫奈伊。」雖然發問的人換成了一名陌生的少年，可奈伊卻依舊乖巧地有問必答。

「那麼思思，妳爲什麼會認爲他是無害的呢？」確定了奈伊的魔族身分，卡斯帕轉而詢問少女。

「要說這個的話，我對人肉沒興趣。」回答的人卻仍是奈伊。

「夠了，奈伊你不要插嘴，這樣子會沒完沒了的。」相比初次聽到如此具衝擊性的「人肉宣言」的兩人，夏思思的反應可謂冷靜得多了。

「呃……奈伊先生你吃人類的食物……我的意思是，你會像普通人類一樣生活嗎？」

投去詢問的視線，在得到夏思思允許發言後，奈伊這才回答道：「我一出身便

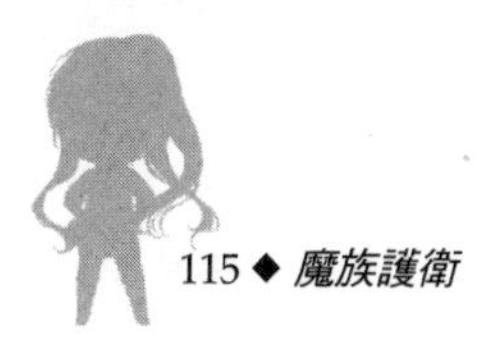



處於『高位』，所以不需要吸收其他生物的生命來進化。」

「處於高位？那是什麼意思？」

「思思，他是『純種』。」面對少女的疑問，埃德加冷冷地說道：「有的魔族是由低等妖獸進化而成，也有一些是由墮入魔道的人類變幻而成。可是『純種』，卻是眞的由黑暗中凝聚、一出生便已是人形的高階魔族。因此當年的神官才無法將他完全消滅，只好選擇用封印的方式鎮壓他。」

純種，簡直就像闇之神的直系子嗣般的存在。

看到夏思思聞言後露出凝重的表情，奈伊帶點擔憂地問：「思思，我是『純種』，這是不好的事情嗎？」

面對著如此率直的眼神，少女感覺自己望進對方眼中的視線彷彿完全融入了那美麗的黑：「那你呢？你有什麼想法？」

很認眞地想了想，奈伊露出了會令世間所有少女高聲尖叫的燦爛笑容，道：「我覺得這樣很好啊！因爲高階魔族的力量比較強，我便能更有信心地去保護妳的安全了。」

面對這種猶如告白般的話語，夏思思不自覺地緊張起來。卡斯帕卻是一臉很感興趣地道：「身爲魔族，卻說要保護勇者是嗎？」

看到奈伊那雙夜色的眼眸即使面對對方的質疑也堅定得沒有絲毫動搖，少年祭司竟下了一個令人難以置信的決定：「那好吧！你就以保護者的身分留在思思身邊好了。」

「伊修卡大人！這個決定太輕率了，請恕我無法認同！」聞言，埃德加立即激烈地提出抗議：「光是讓純種魔族得到自由已經是非常危險的舉動，更何況是讓他進入王城，留在勇者的身邊！」

「那麼，你是覺得再次封印他，然後與勇者決裂比較好？還是認爲讓他離開王城，在外界生活更爲恰當？」卡斯帕托著頭看向埃德加，完全是一副心意已決的樣子：「身爲聖騎士的你，要違抗教廷的命令嗎？」

聽到要再次封印奈伊的發言，夏思思霍地抬頭狠狠瞪向埃德加。開什麼玩笑！雖然她也不願意把這個大麻煩留在身邊，可是人是她救的，那她就絕不會讓任何人對奈伊不利！

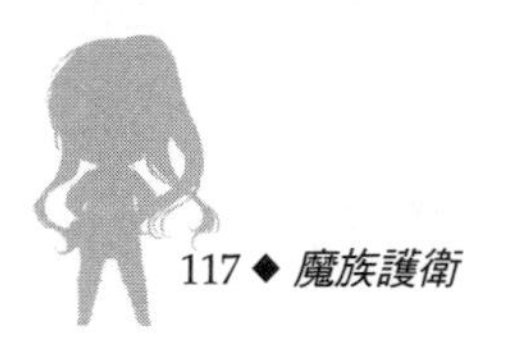



接收到夏思思師徒一意孤行的視線，埃德加也只能妥協了，畢竟眼前這兩人真發起飆來他可招惹不起。「既然如此，請讓我留在王城就近監視他。」

卡斯帕本來壞心眼地想要拒絕——他才不想讓埃德加有機會名正言順地留在城堡與思思朝夕相對。可是不答應的話，便無法結束這個總算獲得共識的話題了。更何況由聖騎士與魔族所組成的護衛組合，或許能帶給自己不少樂趣也說不定。

奈伊雖然身爲話題主角，卻一直置身事外般安靜旁聽著。然而當他聽到了聖騎士要留在宮殿監視他後，忽然若有所思地看了埃德加一眼。

這個細微的舉動並沒有被敏銳的青年忽略，埃德加語調冰冷地問：「怎麼了，你有話要說嗎？」

微微一笑，奈伊是繼夏思思後又一個能毫無懼色地直視冰山隊長的人：「沒什麼，我只是在想，你能留在城堡的話，也就能更好地保護思思了。僅此而已。」

這種彷彿保護勇者就是自己使命似的發言，不知爲何令聖騎士感到非常不悅：「勇者的安全自會由教廷負責，並不需要魔族費心。」

聞言，奈伊無比認眞地說：「你爲什麼生氣呢？我想要陪在思思的身邊保護她，不讓她受到任何傷害，這樣子不好嗎？」

如此直接的話語，令埃德加一時間不知道該怎樣回應。

「好了好了。」已經尷尬得聽不下去的夏思思，決定制止這稱得上詭異的話題：「我並不需要任何人來保護，奈伊你還是先顧好自己吧！」邊說邊站起來的少女順手拉起身旁的魔族：「這個話題就到此爲止。現在首要的是向陛下報告，並且在宮殿找個地方來安置你。」

又是一句話便堵住了眾人的嘴，語畢，夏思思便頭也不回地拉著奈伊離開了房間，擔心少女安全的埃德加也只能跟著出去了。至於卡帕斯則是完全沒有站起來的打算，悠然地喝著他的紅茶。

「有心的魔族？」看著紅茶中自己的倒影，少年臉上的笑容很苦很澀。「思思這孩子還眞敏銳呢！」

自己當年所做的決定，難道眞的錯了嗎？

□

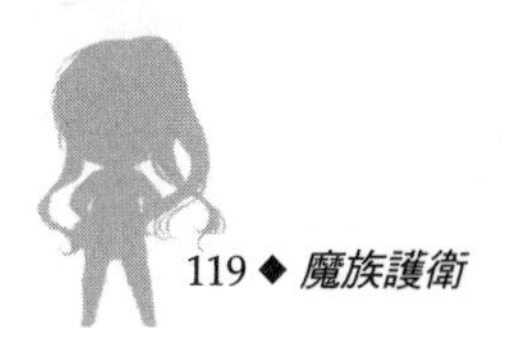


縱然國王布萊恩是一名不奢侈的君主，可是宮殿的華麗程度仍是一般民宅所無法比擬的。然而初到王城的奈伊對四周環境卻沒有表現出絲毫興趣，連稍微東張西望的動作也沒有。

「我先前已很想說了，無論面對什麼事情你都不會驚訝的樣子。」就好像對於她身爲勇者一事，他竟也能若無其事地淡然接受。

奈伊笑了笑正要回答什麼，一陣馬兒的嘶叫聲卻吸引了少女的注意力。於是連同剛追上來的埃德加在內，三人轉而走向閱兵場去看個究竟。

「天呀！好可愛！」被夏思思驚呼「好可愛」的東西，正是那頭在閱兵場中又跳又踢、發著狂的黑馬。

「……這是哪門子的可愛？」埃德加只知道再不阻止的話，便要鬧出人命了。

在幾名士兵又拉又按也無法壓制這匹黑馬的時候，夏思思卻露出與眾人凝重表情相反的著迷神情道：「可是我對這種通體全黑、卻四足雪白的動物最沒抵抗力了。看！牠的額上還有一個白色的菱形花紋呢！好可愛！」

「你們在幹什麼，連一匹瘋馬也管不好嗎？」甜美卻狠辣無比的熟悉語調傳來，三人此時才發現原來安朵娜特公主也在現場。夏思思愉悅地想，那位美麗的公主殿下大概沒留意到他們三人就在不遠處觀望吧？不然在埃德加的面前，少女絕不會露出這種囂張的神情。

似乎是氣不過區區一匹馬竟在自己面前如此放肆，安朵娜特公主拿出一條漆黑的馬鞭，狠狠抽向發狂的黑馬。

受到鞭打的黑馬動作益發瘋狂，一下激烈的掙扎，幾名用繩索束縛著牠的士兵不敵這突如其來的強大力道，被甩得遠遠的。眼看人立起來的黑馬下一秒便要將公主踏成肉醬，旁觀的三人同時間做出了行動。

夏思思用瞬身閃至馬背上，而奈伊卻是壓住了埃德加的肩膀，阻止他衝上前搭救。

夏思思握著韁繩用力拉向左邊，黑馬在前肢落地的瞬間驚險地往左偏移，讓安朵娜特因而撿回了一命。士兵們趁著少女壓制黑馬的空隙，立即上前把嚇得動彈不得的公主拖走。

夏思思百忙之中還很高興地發現公主此刻的模樣狼狽異常，滿身的污泥加上披散的頭髮，活脫脫像個討飯的。

但高興不了多久，勇者的注意力便被身下掙扎得益發加劇的馬兒拉了回去。

見夏思思在馬背上險象環生，埃德加冷冷對阻止他的魔族說了聲：「放開我。」

然而奈伊的手卻絲毫沒有放開的意思，青年沉靜地說道：「你就多相信思思一點吧，她是很強的。」

雖然埃德加對於奈伊的做法仍一臉不認同，卻已不再試圖掙脫對方，奈伊見狀也就放鬆了對埃德加的壓制。恢復自由的埃德加冷著臉，抓來一名不知所措的士兵，皺起眉問：「這匹馬是怎麼回事？」王室人員專用的馬匹都受過良好的訓練，應不會出這種亂子才對。

本就對這次的失職擔憂不已，現在更面對面地被傳說中的「冰山隊長」質問，士兵惶恐良久才顫抖著解釋：「我們也不清楚原因。這匹黑馬雖然是新進城的，可是性子一向溫馴。雖然早前安朵娜特公主想要騎牠時牠稍稍反抗了一下，但也很快便平復了，想不到今天一替牠戴上轡繩便發狂起來。」

奈伊聞言深深地凝望著黑馬的轡繩，然後喃喃自語地說道：「是惡意……」

「你說什麼？」

彷彿終於確認了似地，奈伊這次的回答變得肯定許多。「我們魔族對人類發出的惡意特別敏感，在轡繩上我感應到很深的惡意。」說罷，青年忽然看向聖騎士，輕聲地說了聲：「思思便拜託你了。」

埃德加還未弄清楚對方說這句話的意思，便見奈伊忽然衝向黑馬，大叫：「思思，跳下來！」

事後回想，少女也不明白爲什麼會乖乖地聽從如此瘋狂的指示，只是當她的視線觸及黑眸中的堅定，身體便很自然地做出了反應，竟眞的鬆手從馬背上跳下去。

看到夏思思鬆手離開轡繩的瞬間，奈伊手一揮，魔力化爲無形的刀刃飛向黑馬，俐落削斷了束在馬身上的轡繩。埃德加則是反應迅速地瞬身至黑馬身旁，穩穩接住了跳下馬的少女。

轡繩斷掉以後，黑馬隨即停止了掙扎，雖然仍不安地用前肢踏著地，但已變得安靜多了。

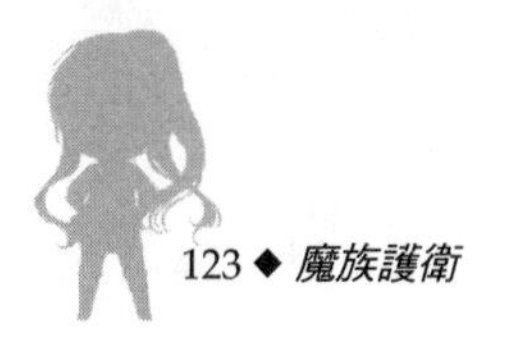


將夏思思放下，埃德加正要轉身責罵奈伊那毫無預兆、突如其來的舉動時，卻在看到對方接下來的動作後投下了疑惑的視線。只見奈伊撿起地上的韁繩仔細察看，然後像是發現了什麼似地拿到兩人面前。

「天呀！這是……」夏思思拔出卡在韁繩上的長針，既驚訝又憤怒。

埃德加立即想起剛剛士兵的發言，冷冷地向事跡敗露正想要偷偷離開的公主質問：「殿下，請解釋一下。」

聖騎士的冰冷語調罕見地帶著怒意。對騎士來說，馬匹無疑是他們最親密的戰友，他可無法原諒粗暴對待馬兒的人。

本已嚇得蒼白了一張臉的安朵娜特，在接收到眾人指責的目光後，竟蠻橫地張牙舞爪起來：「什麼嘛！只不過是教訓一下那頭不知好歹的廉價畜牲，有必要這麼生氣嗎？」

夏思思憤然走到公主面前，凝望了良久。由於對方一直沒動作，安朵娜特不禁心裡發毛，開始猜想這名素來不按牌理出牌的異界少女，該不會想要動手打她吧？

「怎……怎麼了？」安朵娜特一臉的裝腔作勢，卻因顫抖的語調而得不到預期效果。

就在眾人都猜想夏思思是不是眞的要動手之際，少女忽然以很認眞的表情開了口：「妳眞的很醜。」

很意外，不過更多的是感到好笑，眾士兵想笑卻又不敢笑的表情令公主氣得拉扯著她那件高級的騎裝，她從沒受過此等屈辱！

不再理會憤怒的公主，夏思思緩步走到黑馬面前。看到有人接近，馬兒驚恐地想要後退，少女卻快牠一步伸出了手。白皙的手輕柔地撫上黑馬的頭，夏思思疼惜地說道：「流血了，好可憐。」

聖騎士無言地將手覆上夏思思那按著傷口的手上，少女感到一陣力量的流動，馬匹臉頰上被針刺傷的傷口竟一瞬間癒合了。

似乎是猜想不到埃德加也有如此溫柔的舉動，夏思思訝異地道了聲謝。黑馬亦感到眼前兩人的友善，再也不閃躲少女的觸碰。

這匹黑馬愈看愈滿意，夏思思笑道：「決定了！我要這匹馬。」

「哎呀！這可不行。」安朵娜特公主妒火中燒地看著兩人重疊在一起的手，她

已下定決心，絕不會讓夏思思那個死丫頭稱心如意。「城堡的馬匹都是屬於王族擁有，若勇者大人眞的想要這匹黑馬，我也不是不能割愛，就請妳用妳那匹安德莉亞之駒來換吧！」

公主早已算好夏思思不會捨得的，這匹黑馬讓自己吃盡苦頭、顏面全失，把牠留在身邊，還怕沒有報仇的時候嗎？

聽到安朵娜特這個無理的要求時，夏思思實在忍不住要歡呼了！這可是她苦等著能名正言順將白馬脫手的好機會啊！拿白馬來交換，夏思思並不會有絲毫良心不安，要是黑馬留下來的話不死也會脫層皮，相反地，安德莉亞之駒是舉世珍稀，即使安朵娜特公主再任性，也會對牠百般呵護寵愛吧？

心裡想一套，夏思思的臉上卻表現出爲難的樣子。奇貨可居，不多拿點好處又怎對得起自己？

看到少女爲難，安朵娜特更是裝作滿臉體貼地道：「再不然，勇者大人就從這些馬匹中再挑選一匹吧！城堡中所飼養的全都是萬中無一的良駒，以一匹馬換取兩匹，這可不辱沒了安德莉亞之駒的價値啊！」

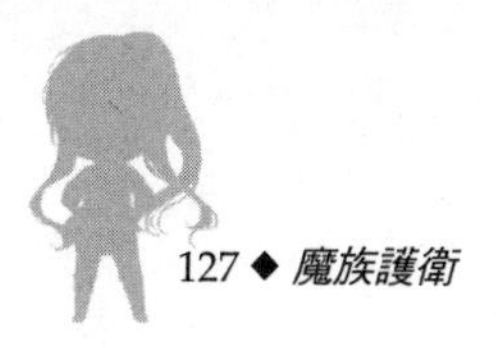



故意將交換條件提高，卻又算準對方最終會拒絕的安朵娜特笑得一臉陰險。她就是要看夏思思猶疑了好一陣子以後，捨不得卻又懊惱著得不到的表情。

「好！成交。」兩匹馬，剛好與奈伊一人一匹。夏思思很懂得見好就收的道理，戲演得太過火的話，萬一弄巧成拙便糟了。

「咦？」完全與預期不同的答覆，令安朵娜特的笑意僵在臉上。

溫柔地拍了拍黑馬，夏思思向奈伊道：「奈伊，你選一匹馬吧！」

直至此時，安朵娜特才發現長相與埃德加同樣出色的奈伊。看到黑髮男子對夏思思唯命是從，安朵娜特心裡的妒意就更深了。

奈伊並沒有花費太多時間挑選。應該說，他根本是毫不猶疑地從眾多馬匹中一下子便牽出一匹棕色的健壯馬兒。

當他將馬交到夏思思手上時，少女這才知道對方會錯意了：「給我幹什麼？馬是送你的。」

然後夏思思終於看到了，這名就連得知自己是勇者，又或是看著自己戴上那副怪異的眼鏡時也沒有絲毫動搖的男子，臉上首次露出了訝異的神情。

「他就是伊修卡大人所說的魔族嗎？」

埃德加沒有轉身，背對著身後發言的部下冷然詢問：「怎麼來了？凱文。」

「是伊修卡大人召集我們進城的，所有人都來了。」

心滿意足地將得手的馬匹交由士兵們安置，夏思思拉著奈伊走到久違了的三名第七隊小隊長面前。

對比泰勒的厭惡以及凱文的避諱，艾莉對於奈伊卻表現得熱情友善：「你好！魔族先生，我是艾莉，這是凱文及泰勒，我們都是聖騎士第七隊的成員。」

「幸會，我叫奈伊，是思思的奴隸。」奈伊微笑著做出令人驚歎的自我介紹。

夏思思一臉慌亂地插在魔族與眾人之間，極力澄清：「不是！他只是被封印太久了，所以用詞有點怪。」說罷，少女無奈地轉向奈伊，沒好氣地說道：「你別再說這些會引人誤會的話了。」

奈伊卻很認真地詢問：「但我現在是在替思思工作卻得不到工錢，這就叫作『奴隸』沒錯吧？」

「呃……也不算啦！」夏思思有點心虛地移開視線：「我會供你吃住嘛！」雖

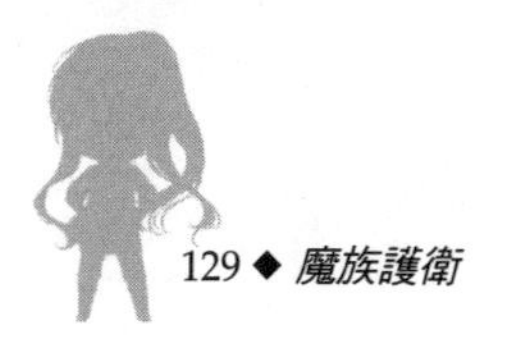



然出錢的是王室就是了。

「喔！也對。」奈伊一臉恍然大悟，然後向艾莉作出更正：「抱歉，我是思思的下人。」因爲有收入，就不是奴隸而是下人吧？

看到身旁的夏思思聞言黑起了一張臉，奈伊苦惱地再想了想，忽然想起一個更合適的名詞，於是看著少女小心翼翼地更正：「……是小白臉？」

被女人供養在家中、供食住的男人好像是被這麼稱呼的。

三名聖騎士們無言地交換了一個眼神。

假咳了一聲，凱文很體貼地替思思找了一個台階下，「我們也從伊修卡大人那兒聽說了一點狀況。總而言之，奈伊先生是思思的護衛對吧？」

黑髮男子笑得很燦爛地說道：「對呢！想到以後可以與思思一起出雙入對，我便……」夏思思慌忙衝前摀住了對方的嘴，沒讓他把話說完。

天知道他還有什麼勁爆的形容詞！

看著少女驚慌的神情，三名聖騎士再次訝異地交換了一個眼神。

不久前才見識了奈伊的爆炸性發言，埃德加認爲再不制止不行，便插了進來詢問滿臉尷尬的少女：「聽泰勒他們報告，伊修卡大人忽然下了召集令，妳與奈伊也在名單中。」

「第七隊的其他隊員呢？」

「被召集的聖騎士只有小隊長或以上的級別，也就是說只有我們四個人。」

看到這個充滿戰鬥力的組合名單，夏思思也心裡有數。

似乎她這種養尊處優的生活要告一段落了。

# ch.6 出發！勇者小隊！

尾隨在聖騎士身後的夏思思忍不住抱怨道：「真是的！既然轉眼間便要召集我們，那時候伊修卡就應該阻止我們出去找陛下嘛！」王宮那麼大，走來走去也挺累人的。

進入會議室，夏思思便火大地看到伊修卡與國王布萊恩正悠閒地吃著茶點。還好少女一坐下，五花八門的糕點便放到了她的面前，成功令夏思思立即消氣，眼裡只容得下面前的美食。

夏思思毫不客氣地吃著一桌子糕點，甚至故意不理會他人的視線，不想加入這次會議的意思很明顯。

看到人都到齊了，伊修卡便道出此次召集所有人的目的：「今天我得到神諭，闇之神的封印已被進一步地削弱了。」

單是一句話，便已令在場眾人譁然。而好戰者如泰勒，更早已是一副興致勃勃的樣子。

「所以思思……」

被祭司點名，少女這才不情不願地從蛋糕堆中抬頭問：「是要出發討伐祂了嗎？」

「不，時機仍未到。」卡斯帕搖了搖頭解釋：「重新加固封印需要聖劍的力量，何況現在闇之神的靈體仍未凝聚，即使前往封印之地也於事無補。必須待闇之神儲存了充足的能量，將所有精神體集中嘗試擊破封印時，才是再度把封印加固的好時機。」

夏思思撇了撇嘴，心想爲什麼現實與慣常的設定相差那麼遠呀？那些奇幻小說啊、電影啊什麼的，不是總要花很長的時間來讓主角遇強愈強的嗎？然而她這個勇者卻偏偏相反，竟是要耐心給予時間讓魔王變強……

「思思，我想聽聽妳的意見。」布萊恩禮貌地請求。

夏思思立即皺起了一張臉，叫苦連天：「我不懂這些呀，陛下。」

身爲導師的伊修卡，對於少女的態度沒有作出什麼表示。只是忽然轉向身旁的下人，下了一道奇怪的命令：「將甜點全部撤走。」

所有人相對愕然，不明白祭司爲何不吃了。下人依命令正要撤走桌上的糕點，卻見夏思思手忙腳亂地死命用身子護著那一桌子的甜點高呼：「我說、我說！不要撤，我還沒吃飽！」

想不到這樣子便可以令少女屈服，眾人不禁既驚訝又佩服。若要他們來想法子，也許一輩子也想不出這種令人哭笑不得卻又異常有效的主意。

「嗯……我想想……闇之神現在只能使用沒什麼力量的精神體附身在妖魔身上，而本體正被封印著。眞神卡斯帕則是爲了維持封印無法使出強大的神力，故需要借助異界勇者的力量。」少女想了想，三言兩語便分析了目前的形勢：「妖魔因爲闇之神的魔力而相繼進化，然而我們這邊也有教廷的聖騎士，雙方的戰力都不遜色於對手，因此現在算是勢均力敵的局面。」

「封印暫時不可以碰，聖劍的蹤跡也並未顯現。那反過來說，我們現在應該先做一些加固封印以外，能力所及的事情吧？」夏思思說得一臉輕描淡寫。

本應是艱苦的戰爭，可是看到少女懶懶的態度後，卻彷彿變成了很簡單、理所當然的挑戰似地，令所有人心裡不期然地生起了「一切都會沒問題」的想法。

「那麼，若是妳的話，這段時期會怎麼部署呢？」埃德加那雙彷如藍寶石般的眼眸閃爍著光芒，那是帶著研判的目光。

不滿地皺起眉，怎麼每個人都詢問自己呢？夏思思一口氣說出了幾個提案：

「既然闇之神無法徹底消滅，那麼爲了減少這期間所造成的傷害，應讓聖騎士大範圍地分散於全國狩獵妖獸。另外，這個世界除了人類與魔族以外，還有其他種族存在嗎？若有的話還是多爭取點支援比較好。此外，我想應該派人去尋找一下那位北方賢者了吧？」

最後一個提議令眾人面面相覷起來，布萊恩輕聲地詢問：「爲什麼思思小姐會如此認爲？」夏思思只聽過北方賢者的名號一次而已，想不到此刻竟會從她的口中提及。

即使發問的人是一國之王，但對於不停被人提問，夏思思已經無法掩飾她的不耐煩了：「據我所知，這個人曾經是宮廷魔法師，並且已經背離人道投向魔族。那麼如果闇之神要攻擊宮殿，北方賢者掌握的情報對我們來說會是一大致命點吧？更何況這個人身具強大魔力，會是很大的隱憂。」

「找到他以後，若這人願意棄暗投明的話當然很好。如果不是，也可以解決掉敵方的一個戰力。」對於如此冷酷的話題，夏思思卻說得輕描淡寫。她可以懶散，可以露出燦爛的笑容，卻同樣也可以狠毒，可以趕盡殺絕。

過度的仁慈與善良只會傷害到自己以及身邊的人，這是少女在冰冷的孤兒院以及那個令人聞風喪膽的混亂區域中所學習到血淋淋教訓。

「即使想要找他，也不知道佛洛德那傢伙現在身處哪兒。」艾莉聳了聳肩，女騎士口中的佛洛德正是北方賢者的名字。

就在大家相對默默無言時，奈伊卻發言了：「若是他所在的方向，我知道。」

「咦？你認識他嗎？」夏思思感到滿意外的。雖說同是魔族，可是奈伊畢竟被封印多年，怎麼想也不會是那個佛洛德的朋友。

「不，只是聽大家所說，那個人是帶有人類氣息的強大魔族對吧？那麼我就能憑著感知去獲悉他所在的方向。」奈伊微笑著解釋：「雖然不知道實際位置，可是大致的方向還是能夠知道的。畢竟由人類墮進魔道的魔族並不多，若是力量強大的便更罕見了。」

卡斯帕壞壞地笑道：「也就是你先前找思思時，所說的『因爲我們心靈相通』那種感覺對吧。」

首次聽聞這句話的聖騎士們與國王不禁冷汗，他眞的這麼說了嗎？

「奈伊，你可以隨時隨地知道那個人所在的方位嗎？」彷彿想要擺脫那令人啼笑皆非的過去，夏思思立即將話題轉回正事上。

黑色魔族點了點頭：「可以，但是我要先到空曠廣闊的場所。」

□

由於奈伊這麼說，因此夏思思只好不情不願地忍痛割捨手中的甜點，並且無奈地發現，自己由書房移步到閱兵場，然後再轉至會議室後，現在竟又再次從會議室出發回到了閱兵場。

無論是繞遠路或是走回頭路，她都是最最最討厭的了！

只見奈伊站在閱兵場的正中位置以後便闔上雙目，隨即一波波微細的魔力便以男子爲中心散發出去。過了好一會兒，當這種奇異的感覺消失時，男子亦同時張開雙眼道：「找到了。」

「由這個方向一直走，便會到達他所在的位置。」

「……往西是嗎？」布萊恩遙望著奈伊所指的方向，喃喃自語般地說著。

卡斯帕則是走到了夏思思的面前，雙手搭上對方的肩膀，笑得很甜很甜：「那麼，思思妳要加油了。」

雖然早就有心理準備，然而夏思思還是想做最後的掙扎，魚被剖時也會象徵性地彈跳幾下以表不滿吧？於是少女想了想，便說出了自己的條件：「經過這段時間，我想你們也早已摸清了我的個性，因此我就直說了。雖然我不喜歡當這個『勇者』，可是也不會天眞地認爲被眞神所挑選的自己能夠置身事外。畢竟我現在身處這個世界之中，若它眞的滅亡了，我也同樣身受其害。但是我也有我的條件，絕對不當白工。」

伸出手，夏思思扳著手指數道：「首先，食住我要最好的，金幣要隨我花費；旅途的快慢亦由我控制，不可催促；要有本領高強的護衛，隨行的人數貴精不貴多……啊！還有，旅途中我是最高決策者，所有同行的人都要聽我的命令行事。」

卡斯帕的嘴角不禁隨著少女的話而上揚，心想這個學生總是懂得和他討價還價。偉大的眞神聞言不但沒有生氣，反倒感到很有趣，反正這些小事他也懶得管，而內定與勇者同行的第七隊早拿這個夏思思無可奈何。得到了財政的最大來源——布萊恩陛下的頷首以後，卡斯帕也就爽快地答應了少女的所有條件。

令人意外的是，夏思思竟充滿熱忱地道：「既然決定了，那就趁著天色還早，我們快點出發吧！」

沒想到少女竟主動提出動身的建議，而且還是立即的，所有人都將訝異的視線集中在夏思思身上。卻見少女俏皮地對艾莉眨了眨眼，若有所指地說道：「還是早點出發得好。」

艾莉好像從對方的眼神中想起了什麼，隨即回了夏思思一個同樣意味深長的笑容：「的確是早點出發比較好。」

眾人雖然一臉的莫名其妙，不過事情涉及艾莉的話，一定又是不知道哪個傢伙要倒楣了，因此大家都很有默契地沒有追問下去，以免被殃及池魚。

當夏思思踏入馬廄取馬之際，看守馬匹的士兵懷著一臉既尷尬、卻又幸災樂禍的表情，以只有少女聽得到的音量說：「勇者大人您猜得沒錯，在大家離開以後，安朵娜特殿下果真來奪馬了！」

看到士兵那忍著笑意的神情，夏思思壞壞地小聲回應：「精彩吧？」

回想當時公主那羞恥得要死的表情，士兵終於忍不住笑著答覆：「真是太精彩了！」

□

在少女婉拒布萊恩國王所提出的盛大送行後，夏思思、埃德加、奈伊、艾莉、凱文、泰勒，一行六人便離開王城向西方出發。此時奈伊放鬆了韁繩，讓棕馬放緩步伐來到後方的夏思思身旁，疑惑地問：「思思是在黑馬身上做了什麼嗎？」

接觸到少女那「你怎麼知道？」的視線，奈伊溫柔地微微一笑：「魔族的聽覺很好。」

反正現在已離城堡好一段距離，夏思思也不諱言直道：「我早就預計到那個潑辣公主不會遵守約定，我們一離開，她必會想辦法動我的馬兒。」愛憐地拍了拍身下的黑馬，少女續道：「何況我也想替牠出口惡氣，於是便將艾莉先前交給我的東西用掉了。要不是看守馬槽的士兵替我偷偷把那些東西抹在韁繩上，我那時也沒有動手腳的機會，只能說這個公主的人緣真的太差了。」

將馬兒驅使到夏思思身旁，艾莉吃吃地笑了起來：「妳用掉了哪一個？」

壞壞地回了一個笑容，少女回答：「是妳那包強效『屁屁粉』，這星期她身邊的人可不好受了。」

「喔，那包嘛。」艾莉愉悅地笑道：「不單臭味強烈，而且每次放屁必然附送巨響，是我的得意之作呢！」

少女們相視而笑，卻令人感到毛骨悚然。

□

「現在我要先說出第一個要求。」出發以後夏思思一改素來輕鬆的態度，嚴肅的語調讓人明白她接下來的話是很認真的：「就如同我在會議室內所說的話，此行的目的主要是尋找叛徒佛洛德。我並不希望此次旅途節外生枝，因此我們的身分要徹底保密，明白嗎？」

說罷，夏思思便脫下那副厚重的眼鏡，一張機伶而清麗的臉孔頓時出現在聖騎士面前。

「想不到……妳長得滿不錯呢！」因爲太訝異了，泰勒不禁將心底話脫口而出。而艾莉則是笑道：「下一次妳在公主面前拿下這副眼鏡看看，我敢打包票可以活活氣死她。」

一行人吵吵鬧鬧的，很快便來到了王城附近的小鎮，由於夏思思並不急於趕路，因此他們早早便選擇了一間明亮光鮮的旅館投宿。

「還以爲思思會選那間珠光寶氣的高級旅店。」凱文與少女說話的同時，亦不忘向路過的服務生露出一個迷人的笑容，弄得那清純的女孩子滿臉通紅。

沒理會對方那副任何時候都能發情的模樣，夏思思倚在窗旁看著街上的風景，悠閒地回答：「那種地方我住不慣。」當時只是怕王族會吝惜旅費，因此她才一開始便獅子大開口，「對了，你們身上有地圖嗎？」

「其實我早就想問妳了。」安頓好一切的埃德加剛好聽見兩人的對話，便隨身取出一張繪畫了這個異世界地圖的羊皮紙。「妳看得懂我們的文字嗎？」畢竟少女與他們是不同世界的人。

夏思思拿起地圖約略看了兩眼，上面寫的的確是她不熟悉的文字，然而她卻奇異地能了解文字所要表達的意思。「其實大家所用的語言我本也未曾聽聞，可是卻很自然地便懂了，文字也一樣。」

「也就是說，這是勇者的『特權』囉。」艾莉一副很感興趣的樣子加入話題：「說起來，思思原本的世界是什麼樣子的？」

「是一個沒有魔法、只有人類居住的世界。」少女簡短地形容了她所成長的世界，忽然感到一股異樣感：「這麼一說，這兒雖然是異世界，可是與我那邊卻意外地相像呢！」就像植物是綠色，天空是藍色，若是完全不同的樣子反倒較自然，畢竟是異世界嘛。「如果不理會魔法啊、魔族啊這些充滿奇幻色彩的東西，這個世界對我來說只是西方風味比較重而已。」

說到西方，夏思思忽然問了一個很奇怪的問題：「你們的姓氏是什麼？」西方的名字總有著長長的姓氏，可是少女一直接觸的人卻只是互喚對方名字而已。

「姓氏？那是什麼？」泰勒露出一副不明所以的表情。

「就是在名字前面加上『姓』來區分血緣吧！這兒的人都沒有姓氏的嗎？」首次感到異文化的差異，夏思思不禁驚訝。

「思思，平民是沒有這種東西的，倒是王族會把國名列在名字後面，這有點像妳所說的『姓氏』吧？」奈伊詳盡地解釋，這時的魔族看起來就像是個知識分子：「我們以『名字』與『族』來劃分。如魔族、龍族、水靈，以及獸族等。除了水靈們身處大自然而無處不在，其他種族也有著各自的地盤。」

「出乎意料，你長篇大論起來倒有點博學多聞的學者感覺，原來你不止是個追著思思跑、一無是處的白痴，眞是太好了！」艾莉笑得一臉純眞地說著狠毒的話。

對著當事人說得如此直白……而且對方還是純種的魔族……她也太強了吧？

決定無視艾莉的發言，夏思思繼續先前的話題：「也就是說，只要離開了人類的勢力範圍，我們便有可能會遇上其他人類以外的種族了吧？」

難怪到達這個世界那麼久了，她也只遇過水靈族與魔族而已，害她還以爲這個世界除此以外再也沒有別的種族。

看了看地圖，夏思思尋找著向西的路線：「以我們這個位置繼續往西，會先到達……亡者森林？」怎麼這個地名好像很不吉利似地……

「不，我們會先到達這裡，再繞過森林繼續向西。」埃德加指了指森林旁邊的山脈，語氣似乎對於那座亡者森林很是忌諱。「亡者森林是個不祥的區域，傳說那兒充斥著無數帶有深重怨念的惡靈，如非必要，我們就不要去招惹了。」

「只不過是傳說而已，又不是眞的有人看過。」夏思思對於這種令人聞風色變的靈異話題毫不在乎：「我才不要爲了這種空穴來風的謠言而繞道走。」

這次少女總算證實了不是她敏感，埃德加在聽到她說要直接闖進亡者森林時，身體頓時一僵，而泰勒恐懼的反應就更加明顯，驚惶地吼叫著：「不會吧？妳是在說笑對吧？」

「才不是說笑呢！」夏思思可是受夠了再走冤枉路了，「只是幽靈而已，犯不著繞道而走。」說罷，她的目光看了看埃德加，又轉而看了看泰勒，挑釁地問：「你們怕了？」

明明是隊伍中看起來膽子最大的人，可是反應卻偏偏最是激烈……很可疑喔！

泰勒張了張嘴，一臉的欲言又止，最後咬牙道：「我才不怕！要去便去吧！」可是當他說出這句話的時候，那慣常出現的大嗓子卻不見了。

埃德加則是一臉漠然的表情，沒有再次反對，只是不管怎樣看，總覺得他是在強忍著恐懼……

相比那兩人周身凝重的氣氛，夏思思倒是一臉的躍躍欲試。她平生可是對靈異事件最感興趣了呢！

□

短短三天，勇者一行人便來到了亡者森林的入口。

不知從何而來的濃濃煙霞環繞著這座不祥之森，令有著種種怪異傳說的森林更添神祕。即使在中午，身處森林中卻猶如深夜般，讓人對時間的流逝感遲鈍起來。

「滿有氣氛的嘛。」面對這陰森的環境，夏思思只是簡單地發表了一句感想，便牽著黑馬舉步前進。身後的某兩人即使萬般不願，也只能跟隨著向前。

奈伊看了看強自裝作若無其事的兩人，然後壓低音量詢問少女：「思思，沒問題嗎？我從他們身上感受到很重的恐懼感。」

夏思思忍不住「噗哧」地笑了出來。即使埃德加與泰勒裝得再怎樣不在乎，還是瞞不過對人類黑暗面感應很敏感的奈伊啊！

「等等！你們有沒有聽到什麼聲音？」凱文忽然喊停了眾人，表情略帶緊張地仔細傾聽。就在大家等了一會兒卻沒有聽到任何聲音、艾莉正要取笑對方疑神疑鬼之際，淒楚的女子嗚咽聲清清楚楚地傳進所有人耳裡。

「我們還是往回走吧！」再也顧不得裝作鎮定，泰勒神經質地看著四周黑暗的景色，彷彿下一秒鐘便會有靈體從暗處撲出來。

「可是我認爲還是繼續前進比較好。」埃德加臉色雖然變得非常蒼白，但說出來的話卻仍十分中肯：「畢竟我們已行走了好一段路程，與其再花時間走回頭路，倒不如直接前進。」反正前進與回程的距離都差不多，那就犯不著再往回走了。

「奈伊，你能感覺得到對方的位置嗎？」

聽到夏思思的詢問，黑色魔族搖了搖頭：「我只能感覺到很重的執念從四面八方傳來，可是不清楚確實的位置。」

「反正不知道會有什麼，那麼不論前進或回頭都一樣吧？那就選擇前進囉。」艾莉聳了聳肩道。

想不到，只是再往前走了一小段路，出現在眾人面前的竟是一大片連綿不絕的墓地！

「不行了！要回去！」恐懼感到達臨界點的泰勒已經什麼都顧不得了，轉身就要策騎回頭。怎料他不回頭還好，一回頭，竟對上了一個滿面猙獰的女幽靈！

那是半透明的靈體，長髮無風自動，飄浮於空中以幽怨的目光看著闖進墓地的眾人。當她的視線掃視至凱文身上時，淒楚的女聲立刻迴響在眾人的腦海中：「在生者，這兒是亡者之地。離開、立即離開！」

突如其來的近距離接觸，把泰勒嚇得整個人「砰」地跌坐在地。看那雄壯的身軀此刻卻像隻被貓盯住的老鼠般顫抖不已，完全沒有以往萬分之一的威勢，想不到堂堂一個大男人竟然這麼怕鬼，眾人不禁又是驚訝、又是好笑。

雖然眼前的亡靈滿有驚慄的效果，但再怎麼說也終究是個女的，於是眾人二話不說，便把老是自稱爲情場殺手的凱文用力推出去。

「喂喂！你們也太狠了吧？大家好歹也是同伴……竟然這樣對我！」對被「推舉」出來與幽靈進行談判的凱文也不知是氣出來還是嚇出來的，一改剛才慌亂的樣子，以十足的氣勢哇哇大叫。

雙手推住男子的背部不讓對方退回來，艾莉甜甜地說道：「你退什麼呢？現在給你一個機會來做個風流鬼不好嗎？死掉以後還能在這兒安居樂業，我們明年的今日必定會過來悼念你的。」

「喂！怎麼一下子便跳到我死掉以後!!太過分了！」

與艾莉一樣，與其說是對眼前的女鬼感到恐懼，倒不如說是因爲覺得好玩而努力把凱文往前推的夏思思，則是冷起一張臉怒斥道：「凱文！身爲眞神奴僕的聖騎士，你怎能棄墮落的靈魂於不顧？我眞是對你太失望了！」

「別裝認眞了！思思妳根本就忍不住笑！別邊說教邊嘴角抽搐……」凱文指住少女勾起又壓下的嘴角大聲反駁。

奈伊看了看凱文，再看了看夏思思，最終下定決心地向聖騎士低頭致歉：「抱歉，我早已決定會依照思思的願望而行動。」說罷，便一腳把毫無防備的凱文踢了出去！

兩名少女頓時愣住。難怪俗話總是說「會咬人的狗都是不會吠的」，現在他們總算見識到了。

瞬間與女鬼的距離縮短得只有一步之遙，凱文立即想退回去，然而雙腳還來不及踏出，背後便傳來冰冷無比、令人背脊發涼的嗓音：「凱文，向這位小姐傳達我們的善意！」

男子立即全身一僵，再也不敢後退任何一步。

爲什麼就連隊長都……算你們狠!!

冰山隊長的一句話便令凱文完全死了退回去的心，乖乖地當上與鬼魂交涉的角色。「呃……美麗的幽靈小姐……請原諒我們的無禮闖入。我們只是想要通過這座森林，請相信我們絕對無意打擾你們的生活。」

「你們闖了進來……對……就像那個人一樣。」幽靈淒楚的嗓音再次響起：

「闖進了我所居住的村落，嘴巴上說著最愛的人只有我海倫娜一人，會永遠愛我、永遠珍惜我，卻在婚後搶奪家裡的財產……騙子、騙子！把我騙來這兒殺人滅口，並埋屍於此地的騙子！」

聽到對方悲慘的下場，兩名少女對望了一眼，惡意戲弄凱文的笑意轉變成憐憫與同情。

竟然就這樣連自己性命也賠上了，果然熱戀中的女人啊……真的是盲目的……

「你們看她的下半身。」奈伊握著夏思思的手，將少女與幽靈的距離拉開。只見幽靈半透明的下身愈來愈渾濁，並且逐漸變黑：「長久的等待讓她的記憶開始混亂，而且一直待在這麼陰暗的地方，漸漸變成不好的東西了。」

「騙子……騙子……」幽靈不停重複著「騙子」二字，人類的形體逐漸潰解，濃濃的黑氣從四周聚集過來。

「跑吧！」已經無法再溝通了，奈伊拉著夏思思跑了起來。被女幽靈散發的強烈怨念吸引，四周浮現起大量充滿死亡氣息的黑氣，隨即一個個黑色靈體從墓穴飄浮而出。

面對著大量亡靈，眾人只得轉身撤退，然而面色發白、眼神空洞的埃德加卻隻身站在原地沒有動作。

「糟糕！隊長到達極限了！」艾莉驚叫了一聲，而凱文卻是迅速護在奈伊身前張開了防護壁。

瞬間，遮天蔽地的神聖光芒以埃德加爲中心，向四周席捲而去。

# ch.7 森林中的亡者

刺眼的光芒令夏思思只能反射性地闔上雙目，然而如此強烈的光線卻不會讓人感到炙熱，反倒有著一種令人安心的溫暖感。

對魔法已有初步認知的少女，立即聯想到那就是以信仰爲基礎的神聖魔法，而且等級還是非一般的高。這就是凱文會緊張地使用防護壁的原因，即使對人類沒有影響，但難保身爲黑暗生物的奈伊不會與幽靈群一起被消滅掉。

然而慌亂間所築起的防護壁，眞的能抵銷如此強大的魔法嗎？

待魔法的力量逐漸減弱，大家總算可以張開雙眼之際，這才發現包圍著眾人的黑霧已消失無蹤，而女幽靈海倫娜的身影同時間亦變得清澈，人類的形態也重新凝聚，看起來已經不會令人感到恐怖了。

「這種數量的怨靈，竟可以一瞬間便全部淨化掉！」初次見識到埃德加眞正實力的夏思思不禁肅然起敬。雖然早已料到身爲隊長的他實力很強，可是沒想過是這麼了不起。

「奈伊呢？」少女搜尋的視線在觸及完好無缺的黑色魔族時，總算放心地吁了口氣。隨即發現奈伊很驚訝，並且滿是疑惑地看了看自己的右手，再將視線對上埃德加，一臉大惑不解。

由於一瞬間沒有任何保留地發出強大魔力，埃德加的臉色立時變得很難看。只見他腳步踉蹌，只走了兩步便直直地向後倒下，還好背後的泰勒及時接住，沒讓他就這樣摔倒在地。

將視線重新放回幽靈身上，想不到除掉了一身怨念的海倫娜竟長得如此清秀，生前必定是位美麗佳人。此時這麼看過去，比起普通少女也只是略帶透明感而已，就連泰勒亦不再對她表現出恐懼。

「對不起。」海倫娜飄到凱文的面前，認眞地凝望了他良久，最後似乎總算確認了對方的容貌，她的嗓音再次在眾人的腦海中迴響起來：「因爲長時間停留在這兒，我的意識變得很混亂。而且你與『那個人』給我的感覺眞的很相像，結果是我認錯人了。」

「妳不用感到抱歉啦！」艾莉壞壞地說道：「那傢伙的確是一個情場騙子，被妳認錯也不算冤枉。」

凱文瞪了笑得很歡愉的艾莉一眼，然後轉而溫柔地說道：「我又怎會介意呢？

被如此美麗的女士誤認爲愛侶，是我的榮幸才對。」

幽靈瞬間露出了帶著釋然的美麗笑容：「眞的很感謝你。」說罷，她將目光轉移至昏睡著的埃德加身上。「他替我除去了那一身的污穢，這位先生醒來以後，也能替我傳遞對他的謝意嗎？」

「當然沒問題了！」泰勒豪氣萬千地拍著胸口承諾道，前一刻驚恐的樣子倒變得像幻覺般，眞是翻臉像翻書的男人啊……

「那妳現在怎麼辦呢？留在這兒沒問題嗎？」看到所有靈體都再度入土爲安，單單只有她留下，艾莉不禁擔憂起來。

「我還想在這兒留久一點，直至我眞的能將那男人完全遺忘，便會離去了。」即使是再強的魔法，也只能除卻怨氣，無法消去思念：「在這段期間，我會好好看守著這片土地，引導迷失的靈魂，也算是對長久的作祟做出一點補償吧！」

說罷，海倫娜半透明的手在夏思思的額頭上一點，一道力量的波紋便猛然飄盪，隨即依附在少女身上。「這區域充滿著天然聚集而來的黑暗力量，再加上在這裡去世的人大多懷著怨念逝世，除了我以外，亡者森林中還有著不少惡靈存在，我這小小的魂力能夠讓亡靈把你們視爲同類，可保妳平安。」

「謝謝，我可以再請教一事嗎？」夏思思向幽靈詢問一直留在腦海中的疑惑。

「據我所知，這片森林因恐怖的傳說而被人懼怕著。人們都將這兒視爲不祥之地，不敢隨意接近。既然沒有人接近，那麼這些墓穴是打從哪兒來的？葬著什麼人？」

「是孩子。」面對眾人驚訝的視線，海倫娜浮現出不忍的表情，說出了這座亡者森林中所隱藏的故事。「這兒曾是一座小村落，卻因瘟疫死了很多人，村莊也因而荒廢了。由於死者眾多，加上森林有著滿布煙霞的怪異現象，漸漸地便被人們視爲不祥之地而再也沒有人靠近。人們也開始把不要的東西拋棄在這兒。」

「天生有殘缺的孩子、意外懷孕而不想要的孩子，以及因收入、天災等種種原因而需要拋棄的人。」

「這些是進來森林後死掉的孩子的墓穴，是由同樣被拋棄的孩子們所挖掘的。即使生存環境惡劣，但至今仍有十多名青年存活了下來。若是遇上的話，請千萬小心，被世界遺棄的他們並不相信任何人，只懂得殺戮及掠奪。」

「只懂得殺戮及掠奪嗎？」夏思思輕撫用大石堆砌成的墓碑，沒有任何精美的

雕刻，卻讓人感受到隱藏在裡頭的那份溫柔。若有機會的話，她倒是打從心底想會會這群被世界遺忘的孩子。

「向著這個方向一直前進，便會到達一條廣闊的河道。只要沿著主流繼續往前走，便能離開森林到達西方的城鎮了。」

海倫娜微微一笑，那笑容是如此地真摯美麗，彷如一絲射進陰暗森林中的陽光：「那麼，大家保重了。祝願眾位往後的旅途一切順利。」

□

告別了女幽靈，眾人沿著指示的方向前進，不久後便很順利地看見了對方所說的河流。

「時間不早了，補充一下食水後，便尋找露宿的地方吧！」發言的是被泰勒安置在馬背上、不知道何時醒來的埃德加。看他的面色還是很蒼白，不過卻仍勉強下馬，夏思思不禁擔憂起來：「沒事嗎？你可以再多休息一會兒。」

往常面對他時，少女總是生氣及不耐煩的時候居多，像這樣子表現出對他的關心還是第一次。

內心止不住高興，埃德加竟伸出手撫了撫夏思思的頭，語氣中一貫的冷漠也淡了不少：「只是暫時使不出魔法，不礙事。」目光裡露出了寵溺與溫柔，淡淡的，柔和了他身上冰冷而疏離的氣息。

夏思思訝然地按著對方剛撫過的位置，彷彿髮上仍殘留下微微的溫度，感覺就像對方使出的神聖魔法般，很溫暖。

如此規矩的人竟然做出這種不按牌理出牌的舉動，這個人的人格被偷換了嗎？

「有敵人。」溫馨的氣氛瞬間被打破，奈伊緊張地作出警告：「帶有殺意，共有四人向我們的方向移動。」

「是因爲在墓地時所使出的魔法光芒，將這個森林內的居民引過來了嗎？」艾莉說罷，便示意泰勒幫忙將馬匹移至隱蔽處。

看到己方各自拿出了武器，夏思思慌忙下令：「要活捉喔。」

凱文聞言無奈地苦笑著道：「思思總是喜歡爲難我們。」

「身爲純種魔族及教廷的聖騎士，可別告訴我連活捉區區的四個人類也做不到。」穩當地躲藏起來後，夏思思立即伸出頭來反脣相譏：「何況就是認爲你們辦得到，我才會這麼要求你們呀！」

少女那筆直的目光掃過所有人，被對方的目光直視，他們感到心中最柔軟的地方似乎被攻陷了，心情也不禁變得溫柔。

那番話，是相信大家的意思嗎？

「既然是思思的拜託，那就沒辦法了。」奈伊笑了笑，然後轉向埃德加：「右邊岩石下有兩人，這棵樹下面一個，我負責東面那人可以嗎？」

埃德加點點頭，然後逐一向隊員下令：「泰勒，你對付大樹下那一個。凱文，你與我往岩石那邊。艾莉妳陪著思思吧！思思，妳藏好……」男子馬上便發覺最後一句話是多餘的，因爲偉大的勇者大人將頭一縮，已經藏得連影子也看不見了。

四人兵分三路，奈伊由於知道對方的位置，出其不意地突擊，很輕易便將對手制伏。另外三名敵人，瞬間被同伴的驚呼聲吸引了注意力。戰鬥經驗豐富的聖騎士當然不會放過對手閃神的空檔，閃電般出手的結果，是三名敵人中的一位被泰勒徒手打暈，剩下兩名則遭埃德加與凱文以劍柄打中而倒地不起。

看到四人順利完成任務，女子組便從陰影處走出來。艾莉不知從哪兒拿出了一條銀色繩子，變戲法似地一拉，看起來像是金屬製的繩子竟變得如麵條般拉長，最後成了細細的絲線。

動作俐落地將絲線纏在俘虜身上，把他們束成一串。夏思思偷偷用手試探一下那看起來弱不禁風的銀絲，卻發現拉起來的感覺竟像握著鋼索似地，明明前一秒在艾莉手上還很柔軟的絲線，此刻卻變成鋼鐵般堅硬。

「你們是什麼人？放開我們！」被綁住的少年們拚命掙扎，四人的年齡介於十三至十七歲之間，其中一名年紀最輕、長相可愛的少年，狠狠地瞪著看起來最好欺侮的夏思思大吵大鬧：「看不到出來視察的我們回去，同伴們很快便會過來的，到時候你們就準備受死吧！」

「真可愛，他叫我們準備受死呢！」夏思思吃吃笑著，然後毫無預兆地拿起隨身帶著的護身短劍一揮，劍尖險險停在少年的咽喉前面：「別看我這個樣子，我可是這群人的老大喔。」雖然她其實不懂劍術就是了。

被少女的氣勢震懾，幾名少年的氣焰立即有所收斂。畢竟亮晶晶的短劍就在眼前，好漢不吃眼前虧，他們可不希望戰鬥時沒掛掉，卻莫名其妙死在女人手上。

看到眼前的少年們總算乖乖安靜下來，夏思思滿意地笑了笑。可是隨即他們便要面臨一個大問題，她很清楚這些少年所說的話是眞的，再過不久，居住於亡者森林裡的其他人便會向他們進行總攻擊了吧？

瞟了一眼對少年的話完全沒有動搖的埃德加等人，少女知道那群青年完全不是同伴們的對手。然而使出眞功夫秒殺他們是很輕鬆，但要全部活捉的話終究很困難吧？不論敵我雙方，她同樣不希望出現傷亡。

最重要的是，單方面被人攻擊的感覺眞的很差！

一想到這裡，夏思思的臉上頓時浮現起不懷好意的笑容：「埃德加，你剛剛說我們也差不多該尋找露宿的地方了，對吧？」

總覺得要是答「是」的話，事情便會傾向意料之外的發展，因此聖騎士長選擇沉默不語。

夏思思也不在意，自顧自地說：「難道你們不覺得身為被動的一方很不爽嗎？」

依舊是那種總是將事情說得很輕鬆、非常樂天的論調：「若可以選擇，我可不想露宿郊野，還要在休息時處處提防敵人進攻，我們何不先下手爲強反攻過去？」

「呃……」泰勒聽得目瞪口呆，這種被強盜攻擊的情形下、還要反過來佔領山寨的提案，讓他發現自己眞的跟不上這位勇者大人的思維。

唯恐天下不亂的艾莉首先表示贊同：「很創新的獨特意見，聽起來滿有趣的！」

埃德加也點了點頭：「對方應該預料不到我們會做出這種出人意表的攻擊。」

因爲連他們這些自己人也同樣預料不到……

凱文則是豪氣一笑：「我也討厭總是做挨打的一方。」

奈伊卻是一副沒什麼意見的樣子，反正不論提案合理與否，他早已決定順從思思的意願行動。

看到這些外來者如此狂妄地討論著如何佔據他們的根據地，那名最年輕的少年還是忍不住爆發了：「少一副看不起人的樣子！我們只是出來視察的斥候而已，首領可是很強的！」其他少年也同樣憤慨地瞪視著少女，看來對於同伴被輕視這點感到非常不悅。

接觸到夏思思詢問的視線，凱文解釋道：「單以武力而論，這些少年的身手確實並不差。先前之所以這麼輕易擊敗他們，完全是因爲身爲魔族的奈伊清楚得知他們的位置，不然要絲毫無損地活捉可謂相當困難。」

「魔族？」幾名少年同時對這個詞語做出非常大的反應，他們震驚地看著眼前這群陌生的男女，「竟然與魔族同行，你們瘋了嗎!?」

「哎……想不到竟讓我聽到不得了的事情呢！」一個帶著笑意的男性嗓音從上方傳出，隨即一名青年以矯捷的身手於樹上一躍而下。

「首領！」被少年們如此稱呼著的人，是一名眉清目秀的青年。

夏思思略帶驚訝地打量著這群少年的首領，本以爲他們口中「很強」的首領會是名高大威猛的悍將，然而眼前的青年卻高挑纖細。雖然看起來並不瘦弱，卻怎樣也稱不上強壯就是了。

沒有束起的及肩長髮柔順地垂下，首領與少年們同樣身穿款式簡單的衣服，若有若無的笑意有著獨特的魅力。青年微帶中性感覺的五官長得很端正，那是一張會讓人感到親切的漂亮臉龐。

「我是來帶迷路的孩子回家的，就讓我把他們帶回去吧？」青年和藹可親地笑著舉起了手，修長的手指間握著的正是束縛著少年們的銀索。

「咦？什麼時候!?」眾人還來不及驚訝，幾把折射著光芒的利刃便分別指向除了夏思思以外所有人的咽喉。

手握利刃挾持著勇者一行人的敵人除了逃脫銀繩的四名少年外，還有一名紅髮獨眼男子。這個突然現身的敵人與帶有中性美的首領是完全不同的類型，男子左眼戴有黑色眼罩，有著一身強健的體魄，高大俊朗中透著豪邁的粗獷，指著奈伊咽喉那握刀的手非常穩定，看得出是個厲害的狠角色。

除了被艾莉護在身後的夏思思以外，所有同伴都成了人質，一瞬間形勢便來了個大逆轉，一面倒地傾向了對方。

「真是的，本想躲到一旁納涼去，怎一下子便成了首領對首領的頭目戰了？」夏思思無奈地撇了撇嘴。即使身處如此不利的狀況，少女卻仍舊是那副毫無懼色的慵懶神情。

首領並不相信這個纖弱的女孩子真的會是眼前這群強者的老大，可是看她面對

眼前逆境那毫不畏懼、並且完全沒有緊張感的態度，青年不由得對她的印象稍稍改觀了點。無論她是否真的是這群人的頭領，至少這女孩膽量不錯。「剛才我與葛列格躲在暗處旁聽了一會兒大家的談話，妳是思思小姐對吧？現在才自我介紹真的太失禮了，我叫艾維斯。若妳真是這群人的首領，能不能請妳把這個魔族留下呢？我可以保證各位在亡者森林的人身安全。」

仍是親切、令人不由自主卸下戒心的笑容，可是艾維斯看向奈伊的眼神卻充滿著強烈的憎恨。明眼人都看得出這名首領要留下奈伊絕不會是善意的招待，毫無懼意地看進對方懷有恨意的雙眼，夏思思筆直的眼神並沒有因眼前的不利狀況而動搖：「如果我拒絕呢？」

艾維斯悠然地伸手將幾絲遮掩住視線的劉海撓在耳後，微笑道：「那也沒什麼，只是思思小姐頸上的人頭大概會不保吧！難得有條活命的機會，不覺得放棄實在很可惜嗎？」青年用著彷彿談論天氣般的親切語調，話語內容卻令人不寒而慄。

說罷，艾維斯緩緩抽出腰間的劍指向少女。夏思思即使被劍尖指著，卻並沒有做出躲避的動作，只是冷冷地說道：「抱歉，我想你錯估形勢了。」

青年訝然地看著與夏思思之間忽然出現的黑髮男子，對方毫不猶豫地伸手緊緊握住了指向少女的尖銳劍鋒。

仔細看去，除了掌心的傷口，奈伊的右肩更有一道血流如注的刀傷。眼神若有所思地望向捨身護住少女的魔族，艾維斯馬上收起了驚訝的表情，雲淡風輕地笑著：「原來如此，即使拚著受葛列格一刀，也要阻止我將劍指向思思小姐嗎？」

自始至終都沒有感受到艾維斯的殺意，縱使明白青年的本意只是威嚇少女，並不是真的要攻擊。但對奈伊來說，夏思思被劍指著已是他無法忍受的事情。

艾維斯並非初次接觸魔族，身邊有很多因家人被魔族所殺，小小年紀便被貧困親戚遺棄於亡者森林的孩子。可是眼前的魔族卻與自己所認知的生物相距甚遠，那堅定閃耀著守護信念的黑眸實在太清澈，很難令人聯想到魔族的獰惡與殘虐。

退後了一步，艾維斯便要將長劍從奈伊的手中抽離。看到對方沒有再攻擊的意思，奈伊也收斂了殺氣，並鬆開手讓對方輕易地把劍收回。

「真是的！你怎麼弄得滿身是血？」令眾人意外的是，夏思思對奈伊的態度既不是感激，也不是高興，而是非常、非常地生氣：「以你的能力，要離開對手的控制應該有不少方法吧？怎會受傷？」

「抱歉。因爲思思不希望對方出現傷亡，可是我不太懂得控制魔力的強弱。何況那時我很怕思思會受傷……」奈伊很坦白地表達出對少女的關心，並且像個做錯事的孩子般垂下頭，「這點傷對魔族來說很快便會痊癒的。妳不要生氣好不好？」

的確，男子的傷口瞬間便止血，並且迅速重新長出新的血肉。少女嘆了口氣，很鄭重、嚴肅地看向黑髮男子：「我不希望對方出現傷亡，但我更不願意看到同伴們受傷，即使是瞬間便會痊癒的傷。受傷就是受傷了，還是會痛會流血的。」

懊悔的神情清楚地浮現在奈伊臉上，夏思思知道他已在認眞反省，也就不再板著一張臉，改而換上燦爛的笑容稱讚道：「可是嘛，還是謝謝你剛才爲我擔心。」

奈伊霍地抬頭，問：「妳是在誇獎我嗎？」

少女點了點頭，揚起了燦爛的笑容：「對！你做得很好，眞了不起。」適當的時候要給予責罵與讚美，是馴獸的第一步。

眼看面前的魔族只欠一條擺動的尾巴就活脫脫是隻黑色的大型犬了，敵我雙方的腦海內同時間浮現起相同的想法：「這兩個人……很明確的主從關係！」

# ch.8 被奪走的靈魂

「你們眞有趣。」首領艾維斯開懷地笑著，並且將劍收了起來：「看在你們讓我看到這麼有趣一幕的份上，今天就讓你們到我們的根據地借住一晚好了。」

「首領！這怎麼可以！」依舊用刀指著聖騎士的少年們緊張地大叫。雖然早就知道自家首領善變又任性，可是對方是魔族的同伙呀！

很苦惱地嚷著「哎呀……大家都反對呢！」的艾維斯，轉而看向聽到他的提案以後卻只是挑了挑眉，並沒有什麼大反應的紅髮男子，「那麼你認爲如何？葛列格？」

葛列格傲然一笑沒有作聲，卻將指著聖騎士的刀收回刀鞘內，這無疑已經對這問題作出了答案。

見此，少年們的反對聲音也就靜默下來，並同時放下指著人質的刀。被副首領與首領通過的提案必須遵守，這是他們亡者森林內的生存法則。

「沒問題嗎？奈伊。」重獲自由的凱文詢問眼前的魔族，他們對於那名首領所作的決定有著很重的疑慮與猜忌。

「沒問題，這個人並沒有惡意。」奈伊笑道。

□

青年們的居所正是曾經發生瘟疫、後來被人們棄置的村莊遺址。眾人一踏入村落，便立即感受到數道帶有強烈排斥的視線。

「他們會在這兒暫住一晚，狄倫，你帶他們到角落的空房子吧！」

從村落出來迎接的青年們，聽到首領說這群來自外界的陌生人不光是要進入自己的地盤，還要住下來，反對聲浪立即此起彼落：「怎麼可以讓外人進來？」

「要是他們恩將仇報，對大家發動攻擊那怎麼辦！」

「首領，你眞的考慮清楚了嗎？」

在反對聲浪中，奈伊無言地前進了幾步，微微低垂的頭讓人看不清他此刻的神情。只見他將手按在身旁的樹幹上，高大的大樹瞬間便變黑枯萎，「我們只是想借住一晚而已。」

聖騎士與勇者無言地看向艾莉。想不到短短時間內，奈伊連艾莉的恐嚇招數也學得似模似樣了。

應該說他有這方面的天分嗎？

「是魔族……」這種吸取精氣的能力絕對是魔族無疑。距離奈伊較近的幾個人立即驚慌地後退幾步，拉遠與黑髮男子的距離。

「首領！你怎麼不把人幹掉，反而往自己的大本營裡帶呀!?」這是一眾感到欲哭無淚青年的心聲。

面對同伴們略帶指責的詢問目光，艾維斯攤了攤手：「我打不過啊！」

「……」

打了一個大呵欠，艾維斯懶懶地揮了揮手：「好了啦！天都暗了。狄倫，你帶他們過去吧！」

夏思思本以爲艾維斯那副愛理不理的態度只會讓人反對的情緒更加高漲，但出乎意料的是，眾人雖仍舊一臉無奈與不認同，但看到艾維斯的堅決態度後，便再也沒有多說什麼，各自散開來做著自己手上原本的工作。

帶路的少年狄倫正是先前被抓的少年中，最年幼、長得最可愛的那個孩子。夏思思向少年感嘆道：「你們眞的很信任那個首領耶。」

即使看起來是多不合理的命令，最後卻仍是聽命地服從。

「首領既然帶你們進來，就自有他的打算。」少年酷酷地回話，可以從語氣中感受到他對艾維斯的信任：「況且沒有人會有膽量違逆首領的，你們最好也不要蠢得這麼做。」

毫無預兆下，夏思思忽然撲過去抱住少年，吃吃笑道：「小狄倫這麼說是爲我們擔心嗎？好可愛！」

感覺到背後壓上了軟綿綿的東西，狄倫立即滿臉通紅地掙扎。

想不到這個女人還滿有料的……

「但是以武藝而言，應該是葛列格略勝艾維斯一籌吧？」埃德加想起那名身爲副首領的獨眼男子，那種強悍的感覺絕對不是泛泛之輩。

「葛列格是我們的前任首領。」少年淡淡地說道：「可是在艾維斯來了以後，他就退居爲對方的副手了。也許比刀法，首領的確比不上葛列格，但是他的恐怖是在其他地方。」

「雖然當時我年紀尚幼，但到現在還是忘不了首領初次踏進亡者森林時的情景。」沉醉在回憶中的男孩瞬間浮現起很奇怪的表情，像是吃驚，又像是在恐懼。

若有人看到一匹野狼闖進了自己的家，大概就是這種表情了。

言談間，狄倫便把眾人領到一間簡潔寬大的空房子前，似乎這便是他們今晚的落腳處了。

幾名路過的青年目光怨毒地瞪住勇者一行人，他們那惡意的視線大多是以魔族爲目標。奈伊不禁歉疚地道：「抱歉，因爲我的存在而令大家受到敵視了。」雖然說亡者森林裡的人厭惡外來者，但他相信如果自己不在，思思他們應該不致於被如此對待。

「我可不接受你的道歉。」少女看著因自己身分影響到眾人而變得很沮喪的奈伊，一字一字地說道：「因爲，你做過什麼需要向我們道歉的事情嗎？」

奈伊聞言，驚訝地看向少女。良久，那雙暗黑美麗的黑眸漸漸浮現起感激與笑意：「沒有。」

「對吧！」嫣然一笑，夏思思故意把話說得很大聲：「因爲身分與背景這些虛無縹緲的東西而敵視別人，這只會顯得那些人很幼稚而已。」這番話擺明是說給別人聽的，挑釁味十足。

「那麼我也是嗎？」一直冷眼旁觀的狄倫忽然冷冷地問道：「遺棄我的母親是下賤的妓女，妳也能說出同樣的話，說妳沒有看不起我嗎？」

「那又怎樣？這個世上並沒有低下的人，只有自以爲低下的人。」夏思思不以爲然地撇了撇嘴，要說背景不堪的話，她以前所居住的孤兒院與黑幫地盤內，這種孩子多得是，還輪不到這些人來自怨自艾。「你是人，又不是名犬或種馬，一定要『名種』才值錢。」

顯然想不到少女會如此回應，眾人的表情很訝異。可是過了一會兒，驚訝漸漸化爲了感激。

奈伊也是同樣的神情，夏思思的話彷彿對他再次證明著少女一點兒也不介意身分，不介意自己身爲魔族的這個事實。

□

這一天內發生了很多事情，大家都累了，也就早早各自選了房間休息。

一陣敲門聲響起，埃德加疑惑地打開了門，站在門外的是剛洗完澡、肩上還搭著毛巾的夏思思。

看到少女衣衫單薄，雖然心裡認爲孤男寡女的讓女孩子晚上進到房內終究不妥，但在避免少女著涼的大前提下，他還是側了側身，示意夏思思先進來再說。

在埃德加轉身背對她的瞬間，位處身後的夏思思浮現起狡黠的笑容，並且笑著握了握拳。

穿得單薄點過來果然沒錯！

逕自拉過一張椅子坐下，夏思思絲毫沒有進入男生房間的尷尬及緊張感。

夏思思那副肆無忌憚的樣子，讓埃德加暗自吁了口氣，老實說他讓少女進入房間的瞬間便已經有點後悔了，若少女稍微表現出侷促的神情，那麼氣氛必然會變得很尷尬。

「說吧！進來找我有什麼事？」

夏思思也不繞圈子，單刀直入地說道：「奈伊叫我來的。他說感受到你的精神狀態不太穩定，好像有什麼很迷惘的事情，便叫我來找你談談。」

聽到魔族的關心，聖騎士沉默了好一會兒後緩緩說道：「我是聽著眞神卡斯帕的故事長大的，神官教導我們要消滅世上所有的魔族，告訴我們魔族是無心的，冷酷而殘忍，是必須消滅的存在。」

嘆了口氣，埃德加續道：「成爲聖騎士以後，我更是以這個保護人類的身分爲榮。妳明白嗎？由一開始，我便沒有『質疑教廷』這個選項。」頓了頓，這名冷漠男子的臉上清晰地浮現出痛苦的神情：「消滅魔族是聖騎士的榮耀，可是奈伊的存在卻完全推翻了我一直以來確信爲『正確』的事情。」

「先前在墓地我使出神聖魔法的時候，凱文慌亂間所張開的防護壁並不完美，當時聖光確確實實照到了奈伊的右手。」自嘲似地勾起了嘴角，埃德加冷冷地道：「可是能消滅一切罪惡的神聖魔法，卻對奈伊這魔族沒產生任何反應！」

難道就眞的如少女所說，他們一直都在殘殺著名爲「魔族」的生物嗎？就像那

些把孩子遺棄在亡者森林的人一樣，以對方「不被需要」爲罪名，毫無自覺地在做著殘忍的事情？

但是，若他眞的承認了奈伊這名魔族的話，那麼身爲聖騎士的立場又該如何自處？

「你爲什麼要將事情想得那麼複雜呢？」嘆了口氣，夏思思想不到眼前的聖騎士會是個這麼會鑽牛角尖的人，「就像人類之中有著慈善家，但同時也有著殺人犯一樣，魔族同樣也有好壞之分，這有什麼好意外的？」

用手指狠狠地彈了埃德加額頭一下，少女說話的語氣像極正在說教的老媽子，「重要的不是別人告訴你對方是否邪惡，而是你經由觀察後自行判斷的不是嗎？」

訝異地按著被少女彈過的額頭，慢慢地，聖騎士嘴角浮起一個微笑。雖然僅僅是個很淡的笑容，卻宛如陰霾中的一絲陽光，令人不由得眼前一亮。

這回輪到夏思思驚訝了，第一次看到埃德加這種非禮貌性，而是眞心流露出來的笑容，想不到原來這個冷冰冰的人笑起來是這麼好看。

□

直至第二天，夏思思一行沒有受到任何偷襲與騷擾地一覺好眠至天亮。

夏思思大剌剌地打著呵欠步出房間，門外早有艾維斯以及手下們在等著：「早呀！思思小姐，昨晚睡得好嗎？」

揉了揉眼睛，夏思思敏感地察覺到這名首領話中有話，因此也就答得模稜兩可：「比起在郊野露宿，也算是睡得較安穩吧！」

「混蛋！你們還要狡辯嗎？殺人凶手！」在旁的少年卻不如艾維斯般冷靜，早已是激動得紅了一雙眼。彷彿只要首領允許，他們便會立即向少女殺去。

「我的同伴呢？」沒有詢問發生了什麼事，被稱爲殺人凶手，看這狀況也猜想得出不知是誰遇害，而他們則很倒楣地被人掛上了殺人罪名。看對方這種一口咬定自己就是凶手的模樣，夏思思知道現在怎樣解釋也沒有用，還是先確認同伴的安危比較好。

艾維斯一手按住少年的頭揉了幾下，笑道：「好了，威利，你這小鬼就是沉不

住氣。」少年按住被弄亂的頭髮，縱然滿肚子怨氣，也只能吞回肚子裡。只是眼神卻仍像兩把利刃似地，狠狠地瞪著眼前的少女。

無奈地笑了笑，艾維斯轉而回答夏思思的問題：「除了魔族先生不知去向以外，思思小姐的其他同伴都在客廳中等妳。」說罷，便做了一個「請」的手勢。

沒有再說什麼，少女很灑脫地轉身便向客廳的方向走去。果然，客廳裡所有人都一臉凝重地聚集在那兒。

客廳的中心，則躺臥著一名小小的少年。

「狄倫？」

想不到昨天才步步進逼地質問著自己的少年，過了一晚，卻變成了毫無生命跡象的屍體。狄倫的死法很不尋常，屍體上包裹了一層暗紫色的蠟質，並且隱隱散發出一種令人不舒服的不祥氣息。

不知何時從室外折下一枝樹枝的艾維斯，彎腰將樹枝放在屍體旁邊，嫩綠的樹芽竟瞬間枯萎。

這種吸取生命力的方式，是魔族特有的能力！

身爲領路人的狄倫被殺害，而屋內唯一的魔族更是下落不明……凶手的身分對這些人來說是再明顯不過了吧？

觀察了屍體許久，除了表面那層蠟質外並無其他線索，夏思思轉而詢問那幾名在大屋附近看守的少年：「你們有誰看到奈伊是何時離去的？」

這幾名少年與狄倫的感情不錯，雖然心裡滿是悲憤，但看在昨天少女開解了狄倫的那一番話的份上，他們還是勉爲其難地回答道：「今早那個魔族忽然很慌亂地衝了出來，一遇上我們便急急地說『別碰他，他還活著！』然後很匆忙地離開了。我們看到他的反應這麼怪異就進屋查看，怎料一進去便看到……」沒有再說下去，但大家已經猜想到往後的情形。

霍地抬頭，夏思思動作俐落地束起一頭長髮，問：「奈伊走向了哪個方向？」看到少年一副不想告訴她的模樣，少女著急地詢問：「你們不想救狄倫嗎？」

「妳認爲狄倫沒死？」艾維斯收起笑容，審視的眼神深深地看著少女。只見夏思思沒有任何猶疑，筆直地回望進自己眼裡，耳朵則清清楚楚地聽到對方回答道：

「我相信奈伊的話！」

忽然想起了什麼似地，夏思思從懷中取出一個小瓶子，將內裡的聖水灑了一點在狄倫的身上，那層青年們怎樣也弄不掉的蠟質竟輕易地被消除了。

看到這幕，艾莉小聲說道：「怎麼我覺得思思的聖水總好像用之不盡似地？」

泰勒也小聲附和，那巨大的嗓音特意壓低起來時變得帶了點沙啞，「對呀！在村落的時候她曾用來消滅了大量妖獸的屍骸，那時瓶子裡的聖水應該已經差不多耗盡才對。」

凱文點點頭道：「何況後來她還解除了奈伊的封印，不可能還剩下這麼多。」

「那只有一個解釋……」埃德加沒有再說下去，但對魔法全都有著某種程度了解的聖騎士們已經明白他們的隊長想表達什麼了。

只有一個解釋，除非少女身邊有著力量強大的水靈，而且是生於聖湖的元素水靈！

「小埃，你用上次在墓地使出的絕招試試看。」特意留下一點聖水在瓶底當作將來複製之用，夏思思毫不客氣地使喚著偉大的隊長大人。

初次聽聞這個充滿驚慄感的稱呼，其他人不禁偷偷打量著埃德加的反應。卻見他早已對這個可怕的稱呼麻木了似地，僅只是皺了皺眉，然後乖乖地向狄倫走去。

天知道在城堡的時候，他被卡斯帕與思思一唱一和地呼叫了多少怪名字，對於少女口中說出的稱呼，早就已經沒有任何感想了。

稍微視察一下少年的狀況，除掉蠟質後狄倫並沒有恢復呼吸與心跳，看起來與一般屍體無異，可是身體仍保持著些微溫暖，也沒有屍體應有的僵硬感。

依夏思思所言，埃德加使出了神聖魔法，只是這次他控制了威力，只有一層淡淡的白光包圍住少年。

良久，白光消散後，聖騎士長向少女微微地搖了搖頭：「他的魂魄被帶走了，憑我的力量無法令他完全復元。雖然如此，這具失去靈魂的身體暫時仍能勉強維持機能，短期之內應該不會有性命之危。」

艾維斯蹲下查看，被聖光照耀過的少年開始有了微弱的呼吸，心臟也慢慢地跳動著，看起來就像在安靜地沉睡。

「那就是說，這兒除了奈伊還有其他魔族在。」凱文檢視過狄倫的狀況，那的確是只有魔族的力量才能造成。若不是奈伊，就是說這座森林裡的危險物並不只有墓地的怨靈。

將狄倫安置到房間中，威利疑惑著說道：「這裡偶爾會遭遇妖獸的攻擊沒錯，可是昨天晚上我們一直在外面守夜，也沒看到有陌生人出入呀！」少年說罷，便小聲地喃喃自語：「該不會是尤金先前不聽阻勸，偷吃了捕殺的妖獸的肉，招致了什麼不祥吧？」

「你說什麼？」泰勒激動地大吼，震得所有人的耳朵嗡嗡作響：「在哪兒？吃過妖獸肉的小子現在身處何處？」

「來，我帶你們去。」端起一張臉的艾維斯看來也知悉當中的嚴重性，二話不說，便帶領所有人去尤金居住的小木屋。

□

眾人看著屋內死狀淒慘的屍體默默無言，想不到到了最後，這兒終究還是出現了死者……

埃德加回頭正想叫艾莉先帶夏思思出去，想不到少女竟越過他走向了屍體，口中喃喃自語：「這個狀況還眞像『異形』的橋段。」

夏思思蹲到屍體的旁邊查看，死者肚子破開卻沒有內臟流出，應是妖魔侵蝕後破肚而出致死。

也難怪守在大屋外的少年言之鑿鑿地說著沒有陌生人出入，因爲魔族一直就潛伏在這名叫作尤金的少年體內。

想不到面對如此血腥的屍骸，少女竟然還能面不改色，所有人都暗暗想著要對她重新估計了。

查看過屍體以後，夏思思道出了自己的想法：「我認爲妖魔是破肚而出的。」目光如炬地瞪著艾維斯，一副你快快還我們清白的神情。

沉思了一會兒，艾維斯忽然垂首道：「的確是我們猜錯了呢！思思，對不起喔！」說罷，沒有任何預兆地，青年瞬間撲向了少女並緊緊地抱著，更邊向埃德加露出了勝利的微笑。

以道歉爲名、挑釁爲實呀……你是小孩子嗎？

雖然埃德加的心裡這麼想，但身體卻先一步不由自主地活動起來。只見聖騎士冷著一張臉將兩人狠狠分開，然後冰冷地說道：「若眞是有心道歉，那就將艾莉的銀索還來吧！」

剛才溫香軟玉抱滿懷，艾維斯一臉遺憾地朝夏思思的方向看了一眼，隨即笑得一臉無辜：「可是我已經還了呀！」

艾莉聽得莫名其妙，正要反脣相譏的時候，卻忽然發現手中好像握著什麼似地，低頭一看，銀索竟好端端地被她握在手裡！

「咦？什麼時候!?」前一刻手中明明是空的，何況艾維斯身處的位置怎麼說也與她有一段距離，就連銀索何時回到自己手中也完全沒有感覺，艾莉不禁感到一陣毛骨悚然。

她相信若這個男人有心，那麼他同樣可以在相同的狀況下，令對方無所覺地死得不明不白。

就連埃德加也不禁動容，昨天狄倫所說的話，他總算懂了。

艾維斯強的地方並不是他的武術，他的恐怖在於那份深藏不露。你永遠不會知道他在親切和善的背後盤算著什麼，同樣地亦不會知道他還能做出什麼、他的極限到底在哪兒。

這種感覺，跟夏思思很相像。

威利在證實勇者一行人並非凶手後一直內疚得沉默不語，艾維斯早已警告過大家魔族的肉是不能吃的了，他多後悔當時就在尤金身旁的自己沒有阻止到底。即使得知凶手是造成這種慘狀的可怕魔族，但少年那復仇的決心並沒有動搖。

然而當他正要將尤金的屍骸搬出去安葬時，一個從大門處傳來的嗓音嚴厲地制止了他：「別碰！有毒！」

眾人回頭一看，站在門外的人正是去而復返的奈伊。

# ch.9 兵分兩路

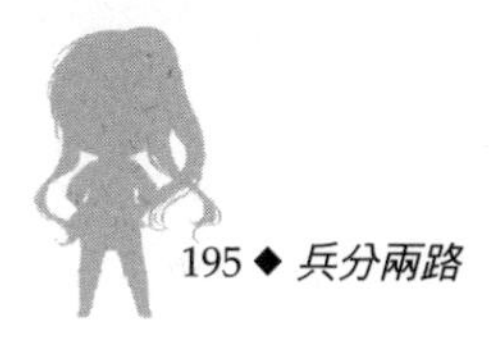


威利嚇得立即將手縮回去，就在少年猶疑不決之際，身旁的夏思思已取出掛於腰間的水囊。凱文見狀訝異地詢問：「思思妳要將這屍體化掉嗎？」就像以前他們曾看過的，用來處理妖獸屍體的手法。

威利聞言，立即緊張地阻擋在少女與尤金的屍體之間：「不可以！」

嘆了口氣，夏思思沒有理會少年制止的聲音，依然故我地用指頭沾上一點聖湖的泉水，並彈向地上的屍骸。威利正要不顧一切地用身體去阻擋，卻見眼前的景物忽然快速移動起來。回過神才知道是奈伊不知何時已抓著他的肩膀，迅速將少年移開。

絕望地看著聖水直接灑在屍體上，威利懊悔著自己在尤金生前救不了他，想不到伙伴死後卻連對方的骸骨也保不住。

「咦？怎麼那小子沒什麼變化？」泰勒那驚訝喊出的大嗓門，在這間狹小的室內中引起了一陣地震似的震動。巨漢對少女「化屍」那一幕仍印象深刻，當時不出幾秒，巨大的妖獸屍骸便消散無蹤。可是這名叫尤金的少年屍體，除了失卻先前那種令人不舒服的感覺以外，卻再也沒有其他變化。

「你是威利對吧？」夏思思拍了拍少年的肩膀笑道：「毒性我剛才已經用聖水消除掉，你現在可以安葬他了。」

感激地看著少女，威利良久才吶吶地想起要道謝。

同樣身爲領導者的艾維斯，總算明白爲什麼這群高手的首領會是這個看起來弱不禁風的夏思思。

只因眼前這名少女雖然總是掛著一副事不關己的模樣，卻總能體會別人的痛苦及難處，所以人們才會圍繞在她身邊，喜愛著她的體貼與溫暖。

「奈伊，今早發生了什麼事情？」既然順利化解了森林住民們的敵意，埃德加便把注意力放在剛回來的奈伊身上。

奈伊露出訝異的表情，只因這名聖騎士長鮮少主動與他對話。何況這種沒有在對方身上感受到絲毫敵意的感覺，對奈伊來說還是破天荒的第一次。「今早忽然感覺到同族的氣息，而且是股很強大的魔力，可是當我追出去的時候，狄倫的靈魂已被對方帶走了。」

想到自己一無所獲，既抓不到敵人，又帶不回少年的靈魂，奈伊沮喪地補上了

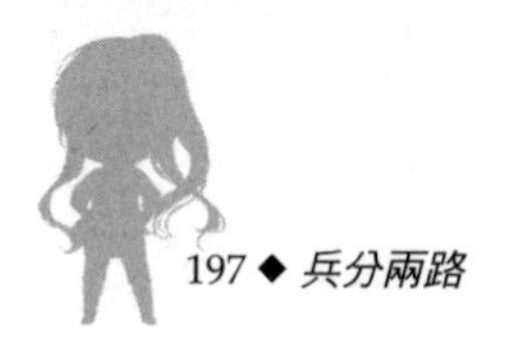


一句：「對不起，對方很熟悉這兒的環境，我追不上他。」

艾莉聳了聳肩道：「也怪不得你，誰知道這魔族在人群之中潛伏了多久。」其他人聽到奈伊的道歉以及少女意有所指的話，再想起先前不分青紅皀白地一口咬定奈伊就是凶手，不禁全都羞愧地低下頭。

「能告訴我們那名魔族逃走的方向嗎？」葛列格緊握著手上的刀，這些在亡者森林裡與他一起成長的青年，對他來說全都是共渡生死的戰友。現在死了一名伙伴，再加上狄倫的性命掌握在那名魔族手上，在救人與復仇兩個大前提下，怎會有不追過去的道理!?

「他往北走去，可是……」奈伊答罷，一臉欲言又止地看向了夏思思。

夏思思卻轉而看向艾維斯，雖然狄倫性命危在旦夕，但是她卻不想在無條件的狀況下再生枝節。

是非全爲多開口，煩惱皆因強出頭，夏思思的格言是若想一路平安，那還是不要多管閒事得好。眞的想讓怕麻煩的少女出手幫忙，除非對方的首領能開出優渥的條件吧！

接收到夏思思的目光，艾維斯笑道：「我想，對方既是高級魔族，那應該已能化爲人形，對吧？也就是說，即使我們眞的追了上去，但根本就不能分辨對方的身分，對不對？」

看到少女笑了笑，一副談生意的表情，艾維斯也就開門見山地詢問：「思思小姐要怎樣才願意借人呢？」

眨了眨眼，少女嫣然一笑道：「大家都是聰明人，我也討厭繞圈子說話。只是要談條件的話，錢、我不缺；麻煩、我也不想招惹。說眞的，我想不到任何幫助你們的理由，因此還是由你來說服我好了。」

艾維斯笑道：「那讓我猜一猜好了。也許普通人認不出埃德加的白馬，牠是傳說中的安德莉亞之駒對吧？擁有這種神駒的騎士，據我所知只有一名隸屬教廷的聖騎士長。思思小姐被騎士長保護著，並且由宮殿的方向而來……妳正是最近所有人都在談論的異界勇者？」

夏思思驚訝於對方的推理能力，既然被識破了身分，也就老實地點頭承認下來。頓時傳來青年們的抽氣聲，以及一陣陣聽不清楚內容的竊竊私語。

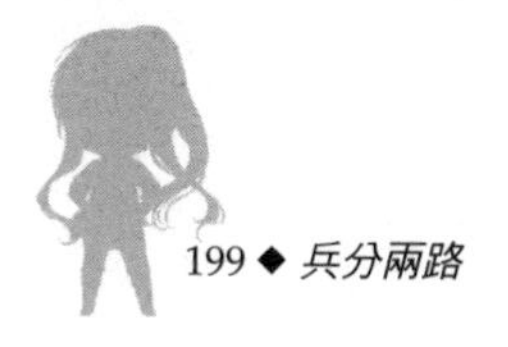



泛起無害的微笑，艾維斯繼續猜道：「你們看起來不像是要去討伐魔族，是要找人？」

夏思思再度笑著點了點頭。

「北方賢者？」

這次少女拍起手來。

將視線緩緩掃過了聖騎士以及奈伊，艾維斯笑道：「這的確是很具攻擊性的組合，可是若你們目的是要『說服』北方賢者的話，不覺得有點不適合嗎？」這名聰敏得近乎妖孽的男子，就連勇者一行人的目的都猜到了，「要是有一名有口才，與王族及教廷沒有關連，外表能讓人放下戒心的說客一起前往，那不是比這種看起來像是來踢館的攻擊組合有用得多了？」

這正是夏思思想要解決的問題。

聖騎士的確是很可靠的保護者，可是若說要去遊說佛洛德的話，確實不是一個好選擇。單是聖騎士與背叛者的敵對身分便已是一大障礙了，若眞的以遊說爲大前提，那麼同行的人至少要有一名與教廷及魔族無關的說客。

「能說出這點算你厲害。聽你的言下之意，你願意與我們同行？」夏思思總算感到有對談的價值，開口與對方討價還價起來。

艾維斯也皮笑肉不笑地道：「思思小姐過獎了。妳早就想到這一層，只是想要看看我是否有能耐將這層利害說出來，這種試探別人的工夫我根本就及不上分毫呢！」

面對眼前這兩個表面上談得看似輕鬆愉快，實際上卻是在互相套話與試探的人，就連埃德加在內，所有人心裡都同時生起一個想法……

好可怕！絕不能與此兩人為敵！

「可是你們只願意拿出一人，便想讓我借出奈伊嗎？不夠。」既然奇貨可居，又怎能不賣一個好價錢？

似乎早就預測到少女的反應，艾維斯也不著急，只是微微一笑，氣定神閒地增加條件：「北方正好是你們要找的人的故鄉，在解決狄倫的事情以後，我們會替妳到北方賢者的舊居收集情報。」

「不夠。」夏思思回以一個笑容，否決。

「那麼，只要有需要，往後亡者森林的所有人都會爲你們提供支援。如何？」說罷，艾維斯便向少女伸出了手。

夏思思滿意地一笑道：「那就讓我們攜手合作吧！」

兩人手一握，同盟在此成立。

「接下來，奈伊會隨同你們前往北方。」少女二話不說便將魔族賣掉，奈伊雖然一副不願與夏思思分離的樣子，可是他也明白人命關天，只能苦著一張臉聽候少女發落。「可是我不放心他一個人，因此會多附帶一名同伴，算是贈品好了。」

艾維斯也同是一副奸商的面孔般回答道：「沒問題，那我們這邊就由我與你們一起向西走；至於北面，就由葛列格去吧。」

夏思思挑了挑眉：「正副首領都不在，森林這邊沒問題嗎？我可以多派一個人留在森林。」看得出少女正積極實行著擺脫聖騎士大作戰。

此時凱文終於忍不住發言了：「思思，妳想賣……不！我的意思是，妳想留下哪兩人呢？」他可不想跟著奈伊當他的保母，更不想留在森林這個完全沒有女性的地方！

「有女生呀！」艾莉彷彿看穿了凱文心中的吶喊，不懷好意地惡劣笑道：「你們來可以到墓地去找海倫娜小姐耶。」

有趣地看著凱文瞬間呆掉的表情，夏思思笑道：「除了奈伊是特定人選以外，其餘兩人就由你們自行分配好了。」

埃德加漠然的聲音隨即響起：「我往西走。」

好吧！隊長大人最偉大，沒人敢跟他搶，埃德加成功地穩佔西方組的一席位。

剩餘的三人氣氛頓時變得很緊張，艾莉冷笑道：「沒有人自願的話，老規矩決定吧！」

好戰的泰勒吼叫著：「來就來呀！誰怕誰！」

凱文的眼神亦同時變得銳利起來：「鹿死誰手仍未知曉呢！」

眼看三人不約而同地取出了武器，殺氣騰騰的一副要衝上去廝殺的樣子，夏思思慌忙跑到三人中間，「停停停停！你們怎麼了？」

「這是我們隊內的規矩，同伴之間若遇上無法妥協的事情，那就由公平的決鬥來決定。」氣定神閒地在一旁解說的埃德加，完全可以讓人感受到誰是這規則的創

始人。

去他的決鬥！

夏思思擺了擺手道：「你們別用小埃的方法，用我的。」現在她是首領，她最大。

咦!?

三人對望一眼，接著緩緩地放下了手裡的武器：「那思思的方法是什麼？」

搖了搖食指，少女微微一笑：「你們猜拳決定吧！」

□

「這就是異世界的決戰方式？根本是完全靠運氣嘛！」第一個輸掉的泰勒忿忿不平地進入了森林組。

眾人無奈地想，雖說是依靠運氣居多，可是你出「石頭」的次數也未免太多了吧？

經過數回合激戰，猜拳的最終決戰總算有結果，最後是凱文得到了命運女神的眷顧，如願地留在原組；艾莉則是成了奈伊的保母，與葛列格一同往北追蹤魔族。

事關狄倫的性命，決定往後的去向後，眾人也不再浪費時間。正、副首領突如其來地離開，並沒有在亡者森林裡的青年們之間引起任何混亂，可看出這群年輕人面對危機可謂經驗豐富。見此，夏思思滿意地點了點頭，這些人在往後的日子，或許會比想像中更有用處也說不定。

□

步出亡者森林以後，奈伊他們便與勇者一行人分別，改爲往北走。

「不用管他沒關係嗎？」葛列格看了看那一臉沮喪、活像隻被主人遺棄的大型犬似的奈伊，不禁擔心起來。他們這一組對往後將要前進的方向茫無頭緒，只能依靠奈伊的帶領，可奈伊現在卻這副樣子……

艾莉攤了攤手，視線卻是瞟了後方一眼：「先不管奈伊，讓那孩子就這麼跟著我們可以嗎？」

只見這名獨眼的強悍男人不期然浮現起一絲苦笑道：「我早就猜到他會跟過來，既然首領沒說什麼的話也就由他吧！威利並不是溫室裡長大的孩子，他懂得照顧自己的。」

本來一臉壯烈地跟在後方，大有「你們不允許、我也會跟到底」表情的威利聞言立即歡呼一聲。畢竟十三、四歲的年紀還是一個大孩子，仍是免不了一身的孩子氣。

既然不會被強制遣返，威利也就不再單獨留在隊伍後頭了。追上前與奈伊並肩而行，少年對這名與認知相距甚遠的魔族表現出強烈的興趣，「你怎麼了？沒能跟著夏思思便足以令你這麼垂頭喪氣嗎？」

奈伊嘆了口氣道：「只是一想到思思將我支使開去，我便會不由得去想該不會是思思已經不需要我了吧？還是因爲我常爲她帶來麻煩，所以她決定不要我了？」

這番話的開頭魔族說得還算平靜，只是說到後來便變成了一張差點要哭出來的臉。

「我想應該不是你猜的那樣啦！」面對對方如此可憐的樣子，少年也只能順勢地說了幾句安慰的話。

「那是相思病喔。什麼嘛，原來魔族也有思春期呢！」艾莉唯恐天下不亂地從旁插口，努力地向不知世事的魔族灌輸錯誤資訊：「看不到臉就會覺得很難受、很想見面，那就是思念愛人的表現呀！」

我覺得不是這回事吧？威利還沒來得及提出意見，奈伊卻已把少女的話全盤接受：「原來是這樣嗎？」

看到男子大表贊同，艾莉再接再厲：「當然，這就是愛呢！」

這是什麼邏輯！很想這麼大叫的威利看到奈伊的反應，將正要吼出口的話硬生生地吞回去。

「是嗎？這就是愛啊……我也覺得是這個樣子呢！」他竟再次大表認同，並且看起來很高興的樣子，沮喪的臉也隨即亮了起來。

威利決定還是不要加入這個怪異的話題爲妙，雖然感到有點對不起不在場的少女，但是他相信即使勉強解釋給奈伊聽，對方也不會明白。眼前這兩人根本就與自己生存在不同的世界，無法溝通。

「……只要你有幹勁便好了。」葛列格對這話題並沒有表現出多大感想，回過頭來酷酷地說了句話，卻正好看見遠處飛揚起的塵土。

「會是敵人嗎？」威利瞇起雙眼看向從遠方而來的騷動，無奈距離太遠看不清楚，只是看那來勢洶洶的樣子與氣勢，總感到來者不善就是了。

「嗯？怎麼這種誇張的禮服那麼眼熟？」即使相距甚遠，但仍可清楚看到馬背上的人那飛揚著的鮮艷禮服，生出不祥預感的艾莉緊瞪著顯眼的服飾喃喃自語。

「我也覺得這種如野獸般的凶猛感覺很熟悉。」奈伊也皺起了眉，點頭附和。

「喂！前面的人給本公主停下來！」正所謂先聲奪人，對方人未到，既蠻橫又高傲的叫喊聲便已先來了。

是安朵娜特公主！

先前受到夏思思的暗算而只能躲在房間中無法見人的安朵娜特，等到總算能離開房間時，已經是兩個星期以後的事情了。當她得知夏思思趁著她無法見人的期間帶著埃德加離開了宮殿，那震驚與憤怒可想而知。

一口咬定先前的惡作劇是勇者剷除情敵的手段，安朵娜特得知眾人的目的是尋找北方賢者以後，便輕率地怒沖沖追向佛洛德老家所在的北方。結果要追的埃德加與夏思思沒見到，卻追上了向北走的葛列格一行人。

「她竟然穿著禮服騎馬。」奈伊驚歎了聲。

「不過她長得很漂亮呢！」於男人堆中長大的威利雙眼不禁閃耀出光芒，對於眼前的美人或許會成爲此次旅程的伙伴而充滿期待。

「相信我吧！小子，你不會想與她同行的。」艾莉冷眼看了看這名不知天高地厚的孩子，然後嚴陣以待地準備應付接下來的挑戰。

而葛列格則是皺起了眉，以領隊的角度來說，眼前這名穿著行動不便禮服、氣勢凌人的女人即使長得再美麗，也只會讓他認爲避之爲吉。

來到眾人面前的安朵娜特笨拙地下了馬，只見她眉一挑，便發起難來：「這兩個看起來身分低賤的男人是什麼人？那女人倒眞會選些與自己同等級的同伴。埃德加隊長人呢？怎麼那個女人也不見了？」

初次見面便被批評「身分低賤」，還來不及生氣，往後一連串高傲刁蠻的用詞及語氣便令威利聽得呆了。他總算明白艾莉先前的話，這種不可一世的態度實在令

人反感，只會讓人感到厭惡。

挑了挑眉，艾莉故意將事情說得很曖昧：「如果公主殿下所詢問的『那個女人』是指思思的話，她不在這兒，正與隊長在一起呢！」

「什麼!?」跺了跺腳，安朵娜特心想，就知道那個女人看起來一副清純的樣子，其實內心早已對自己的心上人別有所圖了！咬了咬牙，公主以不可一世的態度下令：「告訴我他們在哪個方向！」

若這時遇上的人是凱文或泰勒，那麼她應該會如願得知自己想要的情報。然而很不幸地，她遇上的是最不買帳的艾莉，只見少女一臉抱歉的神情道：「對不起，殿下並不是我的上司，現在我必須聽命於葛列格。若殿下想要什麼情報的話，請直接詢問此行的老大好了。」

一個小小的聖騎士竟敢忤逆她這個身分偉大高貴的王族，何況對方雖然說出的話很禮貌得體，可是臉上輕蔑的神情顯而易見，真是氣死她了！

然而內心深念著埃德加與夏思思的同行，安朵娜特只好忍氣吞聲地詢問眼前這名既不是貴族也不是教廷成員的低賤平民，「喂！本公主親自開口詢問是你的榮幸，識相便快點告訴我吧！」

眞是的，愚民就是愚民，明明就知道她要問什麼，卻不懂得主動開口相告。要是其他的貴族公子，早就殷勤地爭相向她報告，並且順道巴結地說很多動聽的奉承話，哪會像這個男人般如此不識趣，眞是一點兒也不機伶！

葛列格毫無反應地看了看公主，然後竟一言不發地策馬離去。

艾莉實在很想大笑出來，可是礙於在公主面前，她還是以有禮得令人感到毛骨悚然的柔和語氣道：「眞抱歉，殿下。既然首領不願意告訴妳，那麼我們更不能相告了，請殿下還是盡早返回城堡吧！」

果然，不出三秒鐘，驚天動地的怒吼便爆發出來了：「你敢！你再多前進一步，我便殺了你！」

看到男子竟還是對她視若無睹，安朵娜特眞是氣瘋了。只見公主怒不可遏地策馬追了上去，手一揚，手中的馬鞭便要打向葛列格的背部。

奈伊沒有動，因爲他知道葛列格不會被安朵娜特打中，他倒想看看這名悍然的男人會怎樣應付這潑辣的公主。

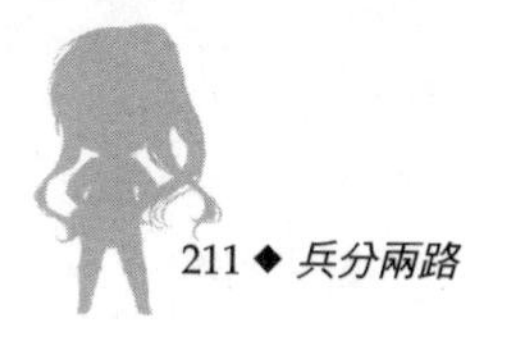



艾莉也沒有動，女人打男人這種戲碼不常有機會看到，她滿腦子興奮地幻想著葛列格將會如何反擊。

就在安朵娜特手中的馬鞭正要甩向葛列格之際，威利忽然插進了兩人之間，少年手中的馬鞭看似隨意地向公主一捲，安朵娜特竟無法做出任何反應，便被重重地摔落馬背了。

葛列格帶點不滿地望了威利一眼，但最終還是沒有再說什麼。公主這下子摔得很重，在地上呼痛了好一會兒才站得起來，怎料她才剛站起來竟再次破口大罵，就連奈伊也驚訝於這名女子的頑強。

「妳最好閉嘴。」威利皺起了眉，起初那對美色痴迷的神情早已不復見：「下一次我可不會再救妳。」

公主正要反脣相譏，目光卻在觸及少年手中的馬鞭時愕然地張開了口，說不出話來。

原來在她被少年拉下馬前，威利便以手中的馬鞭擋住了葛列格砍向公主的幾刀。看到那堅韌的馬鞭由手把以下竟被砍出多道缺口，公主想起少年剛剛的話，再野蠻也不禁嚇出一身冷汗。「他是想殺了我嗎？」

「看這幾刀砍得很淺，我想倒不至於要妳的性命。」旁觀的奈伊笑得很燦爛地回答：「可是，我想，在妳的手上劃下幾道不深不淺的傷口，讓妳無法再策馬追上我們是免不了的。」

「他敢!?」縱然安朵娜特這樣說，但已不敢再上前挑釁遠方那個人了，只是用眼神狠狠地瞪著對方。

「他爲什麼不敢？」威利沒好氣地反問。拜託！這個女人以爲自己是誰呀？難道只是因爲身分高貴，就能將所有人踩在腳底下嗎？

「他是我國的國民，就要聽我的！」公主立即理直氣壯地說道。

……妳是國王嗎？

「總而言之，你們不告訴我的話，我就會一直跟著你們！」說出威脅的話語，安朵娜特高傲地看著爲難的艾莉，露出了勝利的微笑。

無論如何也不能告訴她勇者一行人所在的方向，然而又不可能眞的讓這不知天高地厚的刁蠻公主四處闖禍。艾莉沉思了一會兒，便將目光移向遠處的葛列格。

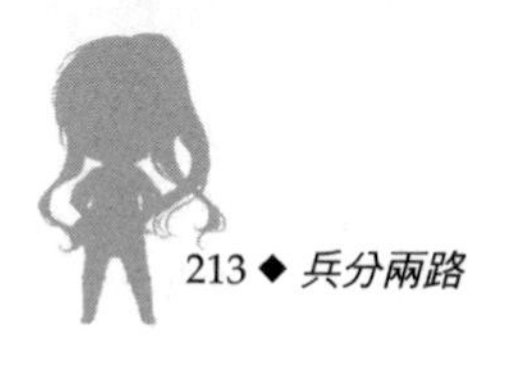



畢竟自己身為聖騎士是不能公然違抗王族的，若葛列格願意揹上這個大麻煩的話，一切便好說話了。

紅髮男子迎向艾莉若有所指的視線皺起了眉，最終還是轉向安朵娜特冷然地道：「妳要跟著我們隨妳高興，可是一路上要聽我的命令。若妳再惹出什麼麻煩，我便會叫威利將妳綁回王城去。」

用全身的氣力壓抑著怒氣，公主冷笑道：「好呀！誰怕誰。只要我沒生事端的話，那麼你們便不能趕我回城堡。」小不忍則亂大謀，她相信這些人最終總會與夏思思他們會合的，只要忍耐到那個時候就可以了。

而且在這段時間，說不定還可以對那個女人進行報復。

安朵娜特偷偷看了看身旁長相俊美的奈伊，這青年先前一直跟在夏思思的身邊對吧？即使是她這名外人看來，也了解到兩人的關係並不尋常，那名醜女憑什麼身邊總是圍繞著優秀的男人？即使是被她形容為「賤民」的葛列格，無可否認，在女人的眼中也是非常出色的。

若在這段路程中，她得到了身邊這名黑髮男子的心，那麼等到再見面的時候，她便可以向夏思思好好地炫耀示威一番了。

相信以自己的美貌，不出三天，這個男人必會拜倒在自己的石榴裙下。

握拳，安朵娜特在心中默唸：「妳就做好被男人拋棄的心理準備吧！醜女！」

# ch.10 龍之谷

大大地打了一個噴嚏，夏思思疑惑著喃喃自語：「難道感冒了嗎？」

凱文不禁笑道：「說不定是奈伊他們正談及妳呢！」一想起魔族與少女分離時那依依不捨的表情，笑意便不自覺地再次浮現了起來：「他真的很喜歡思思呀。」

「拜託你別說得這麼曖昧。俗語說得好，小雞會將第一眼看到的人當作媽媽，我只是暫時充當媽媽的角色而已。」

「咦？不是主人與寵物的關係嗎？」艾維斯驚訝地插話進來。

「……」

「現在這麼悠閒沒問題吧？」邊說邊撥開巨大的灌木叢，讓少女舒舒服服地走過去，繃緊的聲音可看出埃德加此刻正處於警戒狀態，「以我們的腳程來算，應該差不多進入了吧？」

「啊啊——」與冰山隊長完全相反的感覺，艾維斯悠閒地輕閉雙目，感受著只有高處才有的清涼微風。「已進入邊界了，群龍所居住的龍之谷——賽得里克。」

「可是真的好嗎？」埃德加正在做最後的努力，試圖改變少女所做的輕率決定：「龍族一向不與人類往來，由於龍鱗與龍牙是製煉武器的上等材料，因此曾出現過捕殺幼龍的人類集團。自此進入賽得里克山谷的人類，便被龍族視為狩獵者，兩族間的交惡已不是這一兩天的事了。」

「可我們這次外出的其中一個目的，就是獲得其他種族的支持對吧？」夏思思緊跟在聖騎士長的身後，走在對方於灌木叢中開出的道路較省力，「何況說到異世界就會讓人想起龍！怎能錯過親眼看看的機會!?」

一句話，此行的主要目的是滿足她的好奇心而已，取得支持云云只是用來說服聖騎士的漂亮話。

「思思原來的世界是沒有龍的嗎？」也不見對方有過撥開阻擋前進植物的動作，艾維斯卻是四人之中走得最輕鬆的一人，彷彿能從眾多阻礙物中找到最容易走的路線似地，男子在山谷中行走的姿態猶如貓科動物般輕盈優雅，偶爾還能發現隱蔽的道路。

「也不是沒有啦！在我的世界這只是神話中的生物，實物就沒見過了。」還有分中、西式的呢。「說起來，這兒的龍是不是蛇身的呢？」

見眾人同時訝異地搖搖頭，少女喃喃自語：「也就是說這邊的是西式的囉。」

「等一等！」於山谷中穿梭自如的艾維斯忽然做出了噤聲的手勢，視線緊盯著前方：「有什麼東西在接近中。」

比艾維斯只遲一、兩秒察覺出異樣的兩名聖騎士也隨即拔出了劍，將夏思思護在身後。

此刻少女不禁開始懷念起奈伊來了。若是魔族在身邊的話，便可以詢問一下這個天然雷達是否有感受到惡意，就用不著這麼緊張地戒備了。

草叢內傳出一陣「沙沙」的腳步聲，忽然一個身影直直地倒在全神警戒著的眾人面前。

凱文小心翼翼地上前查看，發現對方是真的昏倒過去後，才做出手勢示意眾人接近。

「想不到龍還沒見成，便先遇上遇難者。他怎麼了嗎？」夏思思細看這名伏在地上一動也不動的青年，長相很平凡，身上看起來並沒有外傷，只是臉色蒼白得嚇人。以成年男子的體型來說，對方也實在是顯得太清瘦了點。

艾維斯忽然露出狡黠的笑容道：「發生了什麼事，還是直接問當事人好了。」

只見青年手中不知何時出現了一個細小的布袋，裡頭用布層層包著個不知名物體。當艾維斯將布打開好幾層後，一股辛辣而濃郁的臭味立時撲鼻而來。

「天呀！這是什麼？」最接近艾維斯的凱文立即拉開了與對方的距離，而位置較遠的夏思思與埃德加也下意識地將身體向後移開了點。

將那不知名的黑色物體放在昏倒的青年鼻下，不出三秒，昏倒在地上的陌生男子便猛然醒過來了，只是接下來卻是痛苦地咳嗽了好一段時間。

「呃……若我將來有天昏倒，你們用冷水潑我好了，千萬不要用這種方法！」見陌生人如此痛苦的模樣，凱文立即預先為有機會出現的未來謝絕艾維斯的好意。

直至青年將那東西再次嚴密地包了起來，發不出一絲一毫的氣味時，三人這才再次圍在男子旁邊。而陌生人則是蒼白著一張臉道謝，並將視線移至埃德加放置食物的袋子。

看到男子這種表情，夏思思總算對他昏倒的理由瞭然於心了，「你……是迷路後餓暈的吧？」

將食物分了一點給這名陌生人，看著對方狼吞虎嚥，聖騎士長不禁皺起了眉，

「你看起來也不像狩獵者，怎麼會來到龍之谷？」

此時少女發現髮中的水靈竟發出強烈的波動，不同於不久之前卡斯帕那種以神力壓迫水靈的感覺，這種波動完全來自於水靈自身的情緒。與水靈相處了不短的日子，現在少女已能自由地與對方的思維相通，從水靈的情緒飄蕩過來的是一種強烈的喜悅，以及迫切想要現身的衝動。

「妳能忍耐一下嗎？」並沒有運用自身的魔力來壓制水靈的意思，夏思思從不使用力量來威逼控制水靈。即使在這種狀況下，她還是只以意念來作出請求：「雖然我不知道妳急於現身的原因是什麼，但若是可以的話，能否等到埃德加他們不在場的時候呢？」

隨著少女於腦海中無聲地說出了請求，水靈總算漸漸平靜了下來。夏思思暗自吁了口氣，還好她所處的位置正好稍後於三名同伴，髮絲一閃即逝的藍光並未引起他們的注意。

然而少女卻沒有留意在水靈狀況不穩的時候，那名陌生的青年也同時露出了焦慮的神情，而被衣服遮掩住的左手手臂，更是有微不可見的綠光一閃而過。並且就在她慶幸著水靈還是願意乖乖聽話的同時，更是沒有察覺到對方正以若有所思的眼神偷偷地打量自己。

□

「謝謝你們的食物，我的名字是諾頓。雖不是狩獵者，但也差不多就是了。」青年邊吃邊模糊不清地道：「我是來取龍血的。」

「是身邊有人中了穢氣嗎？」本職是與魔族作戰的埃德加想起一種流血時，血液會氣化變成有毒穢氣的妖魔。中毒的人會由體內的器官開始逐漸潰爛，而據說龍血就是唯一的解藥。

只見諾頓點了點頭道：「殺龍取鱗這種事我是絕不可能辦得到的，然而只是取一點龍血的話，我想運氣好還是可以在龍族發現以前全身而退的。」

「醫治時需要大量龍血嗎？」夏思思眨了眨眼問。

諾頓笑了笑，起初這人滿臉蒼白地昏倒在地時還給人病弱的錯覺，意想不到對

方原來是一名爽朗健談的青年。「神官說解毒只需一針筒的分量，這對於體型龐大的龍族來說應該是不痛不癢吧？只要能夠成功接近，我相信牠們絕不會察覺有人正在抽血。」

「既然如此，那爲什麼不直接詢問龍再拿取呢？」夏思思歪了歪頭，無視於眾人驚訝的神情續道：「既然是沒什麼大不了的事情，那爲何不直接向龍族提出請求？」

看到諾頓聞言後所露出的表情，少女不耐煩地擺了擺手：「別告訴我即使請求了對方也不會答應這種話。要是認眞誠懇地提出請求，我相信對方也未必會爲難你；若眞的被拒絕再做打算也不遲。要是我的話，便會先獲得龍的同意，而不是一開始便決定暗自擅取。」

諾頓以深邃的眼神看著少女好一會兒，而夏思思亦毫不迴避地筆直回望過去，最後男子若有所思地道：「妳的想法很特別。」

少女卻撇了撇嘴道：「這是基本的禮貌好不好！你們就是這樣，因此龍族才會討厭人類。」

反過來想，若自己是龍的話，捐血救人倒是沒什麼，但被人暗地裡抽血擅用的話，知道以後絕對會很火大耶！

夏思思只顧著向諾頓訓話，因而看不到同伴們對望了一眼以後，都不約而同露出了笑意。

雖然這女孩總是懶散得不得了，任何事情都想要走捷徑，又喜歡與別人討價還價，可同時她卻比任何人都來得公平，懂得設身處地爲別人著想，這種看似很普通的特質其實並不是人人都做得到的。

摸了摸少女的頭，艾維斯讚賞道：「了不起！思思眞是一個正直的好孩子。」

這種對待小孩子的模式，分明就是自己用來應付奈伊的方法，看到青年笑得狡黠，夏思思不禁小聲道：「怎麼你的稱讚會讓我這麼不爽呢？」

沒有理會兩人的玩鬧，埃德加在一旁將糧食及飲水分了點給諾頓後說道：「我們正要到龍族的住處，龍血的事情就交給我們處理吧！只要往這個方向走，半天便能離開山谷了。」

「不！請讓我同行。」諾頓霍地抬起頭堅定地說道：「就如思思所說，先前我

所想著的是如此失禮的計畫，因此最起碼我希望能夠親自請求龍族的幫助。」

「你就別鬧了。」凱文不禁嘆了口氣，想不到還未見到龍族，便生出預料之外的麻煩：「你只是個沒有自保能力的普通平民，跟著我們過去太危險了。話說得白一點，就是在賽得里克山谷會發生什麼事都是未知數，我們實在沒有多餘的心力來照顧你。」

「別這麼說嘛！就讓諾頓同行吧！他會對我們很有幫助的。」一旁的少女取過諾頓手中的飲水，便想再塞回埃德加的手裡。

「思思！」並沒有接過對方遞過來的東西，即使旅途以來他們都忠實地聽從少女的指示，而少女也從沒有指錯過路，可是埃德加實在想不出這名沒什麼能力，在山谷中迷路還差點兒餓死的男人會對他們有什麼幫助。

「他不是迷路才遇上我們嗎？」看著同伴們在聽到她這句話以後臉上露出了百思不得其解的神情，夏思思忍不住「噗」地笑了出來：「我相信往後的路會令人愈來愈難辨別方向，諾頓不知道正確的路線沒關係，他知道哪條路是錯誤的，那就已經對我們有很大的幫助了。」

「呀！」凱文不禁呼叫出聲，臉上是恍然大悟的神情。

艾維斯則是露出了讚賞的眼神。能清晰地看出事情的正反兩面，夏思思這種靈活的思考模式的確連他也自愧不如。

冰山隊長的表情卻完全令人看不出變化，只是手卻已乖乖地接過少女遞過去的飲水了。

至於諾頓，卻是投以比先前更深邃的眼神，批判似地看向眼前的四人。

□

愈是深入山谷，便愈是感受到一陣陣難以言喻的魔力。那是與元素精靈不同、卻又相類似的古老氣息，強烈地擾亂了眾人的方向感。

當中最難受的莫過於魔力強大的埃德加以及夏思思。凱文雖然也感到暈眩及噁心感，但相比兩人的狀況算是好得多了。

「怎麼你也跟著一起不舒服？」皺了皺眉，由於不具魔力而完全不受影響的艾

維斯，一臉無奈地看著臉色再次變得蒼白的諾頓。

不過這段路也全仗這名青年的幫助，他們一行人才能少走了很多冤枉路。到此刻，也不得不佩服夏思思的先見之明了。

「也許是因爲在這幾天的露宿中受了風寒吧！」拍了拍臉，硬是讓自己清醒了些，諾頓指向右邊的山路，「這條路我先前已經走過，盡頭是一座無法再前進的崖壁，或許可嘗試往左走。」

「又是這種野獸路線！」由於魔力干擾而全身無力的夏思思，看著眼前高及胸口的草原，眞的差點兒要哭出來了。

凱文唸了一個簡單的火系魔法，果然無法順利使出魔力，似乎解開禁制以前，這段路程他們只能不依賴魔法走過去。

「思思，要哭的話便哭吧！」艾維斯張開雙臂，一副「投入我懷中吧」的表情，並挑釁地看向埃德加，令凱文不禁暗地裡抹一把冷汗。

眼前這個青年雖總是笑得一臉無害，然而深入骨子裡的惡劣個性卻總以挑戰冰山隊長的耐性爲樂。尤其當他發現只要涉及夏思思，埃德加的自制力便會大幅下降以後。

「……我比較希望你替我除草開路。」少女認眞地回以一句很沒情趣的話。

此刻眞正稱得上勞動力的只有兩人，因此一行人可說是以極緩慢的速度向草叢中進發。走沒多久，夏思思馬上便耐不住寂寞與諾頓搭起話來：「中了穢氣的人是你的親人嗎？」

「算是吧！」青年爽直地笑道，話中並沒有絲毫對身世避諱的意思：「是那對老夫婦收留了失憶的我，並把我當作家人照顧。雖然沒有血緣關係。但對我來說，他們是我珍貴的親人。」

說罷，諾頓轉而詢問身旁的少女，「那麼思思呢？你們是爲了什麼而進入龍之谷？」隨行有騎士保護，青年對少女的好奇絕不亞於對方的。

「我們嘛……簡單來說算是人類代表吧！」也不理會青年有沒有聽懂，夏思思說罷，便拍了拍位於隊伍前方開路的艾維斯，「喏，你不覺得我們走太久了嗎？」

自小於郊野掙扎求生長大的艾維斯，立即明白少女話中的含意，「也眞的是太久了點。」

同樣位於隊伍前方開路的凱文回首訝異地說道：「已經要折回去了嗎？只走了一小時而已，說不定這是正確的路線，我們不用走到盡頭去確認一下嗎？」都已經走了那麼久，現在回頭總有種前功盡棄的不甘感。

夏思思聳了聳肩，「問題是山谷中真的會有如此廣闊的大草原嗎？」舉目所見一大片沒有盡頭的平原，即使賽得里克山谷再廣闊，也不可能走了一小時仍沒看見草原外的其他景致。

更別說這段路程他們完全感受不到地面的高低起伏，根本就是一直走在平地上的感覺。「以山谷的地理環境來看，走了這麼遠總會碰到山崖或岩壁吧？」

埃德加點了點頭：「的確，感覺上是怎樣前進都遇上相同的景物，這或許是由於我們已經觸及龍之谷的結界也說不定。」

抬頭看了看一望無際的草原，諾頓似乎想要看得更清楚般直眨眼：「也就是說雖然我們看不見，但或許龍族所處的位置與我們只有一步之遙。」

「要試試看嗎？」夏思思露出俏皮的笑容、並取出腰間的水囊。

埃德加與凱文無言地對望了一眼，果然本應用盡了的聖水不知何時又再次注滿了這個水囊。

往空中一潑，瞬間眼前的景色開始漸漸轉變，就像本是畫上了草原景致的風景畫，被潑上其他顏料後被改變成其他景色般。

萬里無雲的藍天浮現出高聳入雲的岩壁，四周猶如支撐天空似的巨大石柱直直向上延伸。然而如此宏偉壯觀的景色，卻遠遠不及翱翔於天際的美麗生物，巨大而富流線型的身軀，閃耀著光芒的鱗片，那一張開彷彿能覆蓋天空的翅膀強而有力地拍動著，這是被稱爲「龍」的生物，古老而神聖的美麗種族！

《懶散勇者物語・卷一》完

# 後記

大家好！很感謝各位購買我的新書《懶散勇者物語》!!

《懶散勇者物語》對我來說有著特別的意義，因爲這是我在出社會工作以後重拾寫作興趣、第一部在網絡上連載的小說。可以說「勇者」是我寫作生涯的起點，也因爲這篇小說很幸運地在網絡獲得了讀者們不錯的評價，在大家的支持與鼓勵下讓我不致把夢想丟棄，在寫作的道路上慢慢走下去。

所以當「勇者」過稿的時候眞的很高興喔！一直也很希望這本小說能夠出版成實體書，現在終於能夠如願以償了！

《懶散勇者物語》的主角夏思思與《傭兵公主》裡的西維亞是完全不同的類型。思思聰明、懶惰、狡詐、懂進退，彷彿對任何事情也漫不經心，偶爾會展現出些許冷酷，是一個很有主見的女孩子。

雖然作爲勇者，可夏思思卻是個不懂劍術、魔法依賴元素水靈的半調子。她的作戰場面不多，基本上有任何風吹草動她也會明哲保身地躲到戰線後方，並且再三向聖騎士伙伴強調她這個勇者只是路過打醬油的，是個不像勇者的勇者。希望能帶給大家新鮮感，也希望各位會喜歡思思這個另類的勇者。

故事的情節會以思思的冒險爲主，這一次我並不打算花太多的篇幅來描寫角色們的感情，亦未必會很明確地表達出感情線的走向。因此對角色的感情世界有興趣的各位讀者們，請細心留意角色們的互動，再加上一些想像力來尋找思思的如意郎君吧XD

另外這本《懶散勇者物語》很榮幸能夠繼續與天藍合作，加上作者我以及責編，「勇者」可說是承接《傭兵公主》的原班人馬呢！

希望喜歡「傭兵」的各位朋友們也能夠愛上這本新書，享受與思思以及她的伙伴們一起冒險！

□

不久前收到出版社的邀請，將在2月份於台北書展舉行簽名會。聽到這個消息時既開心又擔憂，開心是因爲能夠與台灣的讀者見面，而且從未到過台灣的我可以順道觀光一番。

至於擔憂嘛，首先是語言問題，身爲香港人的我從小說粵語長大，心想自己那半生不熟的普通話能夠與大家好好溝通嗎？（我是個曾經把一個台灣朋友所說的「狀元糕」誤聽成了「壯陽糕」的白痴～囧）

另外便是我那麼大的一個人從來旅行也是跟著旅行團走，未試過到陌生的地方自由行。再加上自己是個路痴，前往人生路不熟的台灣難免有點擔心迷路。

不過後來想了想還是覺得機會難得，最後還是鼓起勇氣答應了。這次算是人生的第一次出國工幹嗎？XDDD

希望簽書會能夠順利便好了！還有就是神啊～請保佑我不要迷路……（雙手合十）

順帶一提，現在的日期爲二〇一二年12月19日，傳言說星期五21號便是世界末

日了！不知道這篇後記能夠順利出版嗎？XDDD

即使星期五真的是世界末日，可我現在的生活還是沒有任何轉變。工作照常忙碌、依舊保持著下班寫稿，這也許就是人生吧？（意義不明的感慨）

那麼，預祝大家聖誕快樂！新年快樂！會出席簽書會的各位朋友，我們2月見囉>3<

香草

【下集預告】

# 懶散勇者物語 vol.2

成功進入龍之谷的思思等人，
驚聞龍王的力量與記憶遭受封印、龍族公主更被擄走！
一切的線索直指那個曾是人類的驕傲、
卻最終投向了魔族的名字──「北方賢者」佛洛德！

另一方面，奈伊一行人則來到了雪女的國度，
他們能否順利成功奪回狄倫的靈魂？

***卷2 聖劍的預言．敬請期待～～***

國家圖書館出版品預行編目資料

懶散勇者物語／香草 著.——初版.——台北市：
魔豆文化出版：蓋亞文化發行，2013.02
冊； 公分.
ISBN 978-986-5987-14-5（第1冊；平裝）

857.7 101026390

# 懶散勇者物語 vol.1

作者／香草
插畫／天藍 封面設計／克里斯
出版社／魔豆文化有限公司
地址◎台北市103赤峰街41巷7號1樓
電話◎（02）25585438 傳真◎（02）25585439
部落格◎gaeabooks.pixnet.net/blog
臉書◎www.facebook.com/Gaeabooks
電子信箱◎gaea@gaeabooks.com.tw
投稿信箱◎editor@gaeabooks.com.tw
郵撥帳號◎19769541 戶名：蓋亞文化有限公司
發行／蓋亞文化有限公司
法律顧問／宇達經貿法律事務所
總經銷／聯合發行股份有限公司
地址◎新北市新店區寶橋路二三五巷六弄六號二樓
電話◎（02）29178022 傳真◎（02）29156275
港澳地區／一代匯集
地址◎九龍旺角塘尾道64號龍駒企業大廈10樓B&D室
電話◎（852）2783-8102 傳真◎（852）2396-0050
初版五刷／2016年12月
定價／新台幣 180 元
Printed in Taiwan

ISBN／978-986-5987-14-5

魔豆

魔豆